Heinrich Fielding

Pasquin

Eine dramatische Satire

Heinrich Fielding

Pasquin
Eine dramatische Satire

ISBN/EAN: 9783743635203

Hergestellt in Europa, USA, Kanada, Australien, Japan

Cover: Foto ©Andreas Hilbeck / pixelio.de

Weitere Bücher finden Sie auf **www.hansebooks.com**

Pasquin.

Eine dramatische Satyre

über die Zeiten

worin die Proben von zwey Schauspielen vorgestellt werden,

nämlich

ein Lustspiel

betitelt:

Die Parlamentswahl

und

ein Trauerspiel

betitelt:

Leben und Tod der gesunden Vernunft,

von

Heinrich Fielding, Esquire.
Aus dem Englischen.

Mannheim, 1789.

Perſonen.

Witzfalle) Schriftſteller.
Bombaſt)

Hohnſchnauber, ein Kritiker.
Verſchiedene Schauſpieler.
Ein Einhelfer.

Perſonen im Luſtſpiel.

Lord Amtur.
Oberſter Goldberg.
Sir Heinrich Foxjon.
Ritter Burling.
Der Stadtdirector.
Rathsherrn, Wohlmänner, ꝛc.
Die Stadtdirectorin, und
Ihre Tochter.
Jungfer Bügeleiſen.
Bediente, Pöbel, ꝛc.

Perſonen im Trauerſpiel.

Die Königinn geſunde Vernunft.
Die Königinn Unwiſſenheit.
Feuerbrand, Prieſter der Sonne.
Die Rechtsgelehrtheit.
Die Arzneykunſt.
Der Geiſt des Trauerſpiels.
Der Geiſt des Luſtſpiels.
Ein dritter Geiſt.
Harlequin.
Ein Officier.
Ein Bothe.
Trommelſchläger.
Gefolge der Unwiſſenheit.
Hofdamen, ꝛc.

(Die Scene iſt im Schauſpielhauſe.)

Pasquin.

Erste Handlung.

Erster Auftritt.

(Verschiedene Schauspieler kommen herein.)

1ter Schauspieler.

Wann wird die Probe anfangen?

2ter Sch. Diesen Morgen wird das Lustspiel schwerlich probirt werden können; denn der Verfaßer wurde so eben in Verhaft genommen, als er aus dem Kaffehause kam. Wie ich höre ist er über vier Guineen schuldig; bezahlen kann er nicht und einen Bürgen wird er nicht finden.

1ter Sch. Wo ist denn der Verfasser des Trauerspiels? ich habe in beiden Stücken eine lange Rolle und 10 Uhr ist schon vorbei.

Schauspielerinn. So! ich habe auch eine Rolle in beiden: und wünsche es hätte sie eine andre; sie sind verdammt kurz. Es ist doch hart, daß eine Person von meinen Talenten so kurze Rollen übernehmen muß.

Frau Verdienſt wird jezt immer die Hauptrollen haben wollen: allein ich werde mich rächen, und dem Publicum wiſſen laſſen, wie ſehr man mich beleidiget.

1ter Sch. O! hier kömmt unſer Trauerſpieldichter.

(Bombaſt kömmt.)

Bomb. Meine Herren und Damen, ich bin Ihr Diener. Ich würde früher gekommen ſeyn, wenn ich nicht einem halb Duzend Vornehmen auf Begehren mit Billetten hätte aufwarten müſſen. Bei meiner Seele! man iſt unzufrieden, daß ich die Vorſtellung meines Stücks ſo lange aufgeſchoben habe. Sie werden doch alle ihre Rollen vollkommen inne haben, denn das Publicum will durchaus nicht länger warten. Ich denke, ich darf das erſte Mal wohl auf den Zettel ſetzen laſſen "Auf beſonderes Begehren verſchiedener vornehmen Damen."

(Der Einhelfer kömmt.)

Einhelf. Herr Bombaſt, Sie müſſen die Probe ihres Trauerſpiels aufſchieben: denn der Mann, der den erſten Geiſt vorſtellt, iſt noch nicht aufgeſtanden, und iſt er auch auf, ſo hat er einen Kirchhofhuſten, man wird ihn im Parterre nicht hören können.

1ter Sch. Wenn Sie doch lieber den Geiſt ganz weglaſſen könnten; denn ich befürchte er wird ausgeziſcht werden.

Bomb. Den Geist weglassen! Herr! den Geist! Sie müssen wissen, daß er einer der wichtigsten Personen im Spiel ist.

Einhelf. So müssen Sie die Rolle einem andern geben, denn dieser ist so lahm, daß er nicht über die Bühne gehen kann.

Bomb. So soll er geführt werden; ich kenne keinen Menschen in England, der besser einen Geist vorstellen kann, als eben er. Herr, er ward zum Geist geboren; er ist für die Rolle erschaffen, und sie ist für ihn geschrieben.

Einhelf. Nun, Sie werden doch erlauben, daß wir zuerst die Probe von dem Lustspiel halten.

Bomb. Das können Sie thun, wenn es Ihnen so beliebt, und es auch zuerst aufführen, meinetwegen. Wenn es mein Trauerspiel drey Tage zurückhält, so muß ich mich sehr irren — ich weis nicht was der Verfasser für Freunde haben mag — allein wenn je solch Zeug — solch verfluchtes, unzusammenhängendes Zeug auf die Bühne gebracht worden ist — wenn die Zuschauer es bis zum dritten Act ausstehen — O! da kömmt ja der Verfasser — ihr ganz

(Witzfalle kömmt.)

unterthänigster Diener, mein lieber, theurer Herr Witzfalle: ich habe gestern Abend Ihr

Lustspiel gelesen, und muß bekennen, daß es ganz vortreflich ist: wenn es sich so lange hält, als es verdient, so werden Sie den ganzen Winter über die Schaubühne monopolisiren.

Witzf. Herr, es freuet mich, daß es Ihren Beifall hat, denn ich habe von Ihrem Geschmack und von Ihrem Urtheil die beste Meynung. Allein, warum hat man denn die Probe von Ihrem Trauerspiele noch nicht angefangen? Glauben Sie mir, es hat Mühe gekostet, so frühe hieher zu kommen.

1ter Sch. (bei Seite) Das glaube ich dir!

Bomb. Ihr Lustspiel soll zuerst probirt werden.

Witzf. Verzeihen Sie, ich kenne die Ehrerbietung die dem Trauerspiele gebührt.

Bomb. Denken Sie nicht, mein Herr, daß ich den Rechten des Trauerspiels etwas vergeben würde; allein mein Geist ist krank, und kann ohne Gefahr nicht aufstehen: meinen Geistern möchte ich um alles in der Welt Willen nicht das Leben verkürzen.

Witzf. Da haben Sie Recht: denn ein Geist ist die Seele des Trauerspiels.

Bomb. Ja, Herr, mich deucht, man kann die Menschen nicht zu oft an das erin=

nern, was Sie heute zu Tage nicht gerne mehr glauben wollen: außerdem haben wir kürzlich eine Parlaments=Acte wider die Hexen gehabt, und vermuthlich werden wir auch bald eine wider die Geister haben. Nun, Herr Wißfalle, da wir für dies Mal dem Lustspiele den Rang laßen müßen, so laßen Sie anfangen.

Wißf. Von Herzen gerne. Wo ist der Herr, der den Prolog hält? diesen Prolog, Herr Bombast, hat einer meiner Freunde gemacht, der nicht gerne eher bekannt seyn möchte, bis er sieht, wie er ausfällt.

(Der Schauspieler für den Prolog kömmt.)

Wißf. Kommen Sie; machen Sie einen sehr tiefen Bückling gegen die Zuschauer, und ein so betrübtes, jämmerliches Gesicht, als möglich ist.

Prolog. "So wie schlaue Advocaten,
"des Beifalls wegen mancherley Ränke ver=
"suchen, um einen zweifelhaften Proceß zu
"gewinnen: oder so, wie ein Tanzmeister
"den tanzenden Gecken durch mancherley
"Wendungen eine Minuette lehrt: oder wie
"ein Arzt verschiedene Recepte schreibt: oder
"ein Marktschreyer verschiedene Pillen ver=
"ordnet; oder ein Fidler mehr als einen
"Ton spielt: oder ein Becker mehr, als
"braunes Brod bäckt: oder ein Luftspringer

„auf und nieder purzelt: eben so macht es
„unser Autor, er durchwühlt sein Gehirn,
„und sucht auf mancherley Weise zu gefal=
„len: er bringt eine Seltsame Gruppe von
„Karacteren für Eure Augen, und zeiget
„Euch hier zugleich beide Partheyen, den
„Königlichgesinnten, und den Republicaner:
„Ihr mögt sie immer Hof= und Landparthey
„nennen: es gilt gleich: weder Gunst noch
„Furcht wird unserm Autor hindern ihrer zu
„schonen. Euch also, mächtige Weisen des
„Parters —

Witzf. O, guter Herr! Zeigen Sie, daß
Sie gerührt sind: ich bitte Sie um alles in
der Welt, treten Sie ganz vorne auf die
Bühne, bücken Sie sich sehr tief, bis auf
den Boden, legen Sie ihre Hand aufs Herz,
holen Sie einen tiefen Seufzer, ziehen Sie
Ihr Schnupftuch heraus, und dann: "Euch
"also, mächtige Weisen des Parters —

Prolog. „Euch also, mächtige Weisen
„des Parters, unterwirft unser Autor de=
„müthig seine Sache — er möchte gerne
„gefallen — O! nehmet es nicht übel! —
„wenn das Stück dumm ist — O! zischt
„nicht. — Lacht — wenn Ihr könnt —
„könnt ihr nicht lachen — nun so weint —
„und wenn Ihr nicht länger wachen könnt —
„nun, so schlaft ein.

Witzf. Wohl gemacht! wohl gemacht! Sie haben mich in der That gerührt.

Bomb. Eben so wird er auch die Zuschauer rühren; ich stehe dafür.

Witzf. O! mein Herr, Sie sind gar zu gütig — allein, ich verfichre Sie, daß ich selbst einen weit besseren Prolog geschrieben hatte: da mir aber dieser umsonst gegeben wurde, so behalte ich meinen für mein nächstes Stück: ein ersparter Prolog ist ein gewonnener Prolog, Bruder Bombast. Nun! wo bleiben die Schauspieler? Ist der Stadtdirector mit den Rathsherren am Tisch?

Einhelf. Herr, sie haben keinen Wein, und der Quäker giebt uns keinen ohne baares Geld.

Witzf. Schickt ihn zum Teufel! kann der Knauser nicht bis auf die dritte Vorstellung borgen? — Hier sind sechs Kreuzer, holt 2 Maas Bier, und gießet es in Flaschen, es thut die nemlichen Dienste, wie der Wein.

Bomb. (für sich) Ja, ja, der Wein wird so gut seyn, wie der Witz.

Witzf. Herr Bombast, belieben Sie zu beobachten, daß ich mein Stück nicht so anfange, wie die meisten heutigen Komödien, die gemeiniglich drey oder vier Herren auftreten lassen, die nur blos da sind um ihren

Witz hören zu lassen; denn die Wahrheit zu sagen, so ist in meinem Schauspiel wenig oder gar kein Witz. Es bestehet aus Laune, Natur und Einfalt; es ist in dem wahren Geist des Moliere geschrieben, und überdem sind nicht über zwanzig schmutzige Zoten darinnen. Nun, räumet die Bühne, zieht den Hintervorhang auf. Herr Bombast, setzen Sie sich hier neben mir.

(Der hintere Vorhang wird aufgezogen, der Stadtdirector und die Rathsherren.)

Bomb. Was sind denn das für Karaktere?

Witzf. Der Stadtdirector und seine Brüder, die wegen der Wahl eines Parlamentmitglieds Berathschlagung halten.

Bomb. Sind sie alle von meiner Parthey?

Witzf. Ja, Herr, bis izt noch; denn Sie müssen wissen, daß die Bürger dieser Stadt alle sehr vernünftige Menschen sind, die keine Partheygrundsätze haben: wofür sie aber doch keine gute Ursache anzugeben wissen. Herr Stadtdirector, Sie fangen an.

Stadtdir. Meine Herren, ich habe Sie zusammen berufen, um mit einander wegen der Wahl eines Parlamentgliedes für unsre Stadt zu berathschlagen: Sie wissen die Kandidaten von der Hofseite sind Lord Amtur,

und Oberſter Goldberg. Die Vaterlands-
Kandidaten ſind Sir Heinrich Sorjon, und
Ritter Burling: alle würdige Herren, und
ich wünſchte von Herzen, daß wir ſie alle
vier wählen könnten.

1ter Rathsh. Da wir es aber nicht können, ſo iſt meine Meynung, daß wir es
mit unſern Nachbarn halten ſollten: es ſind
Herren, von deren Ehrlichkeit wir überzeugt
ſind, und da ihre Güter in unſrer Nachbar-
ſchaft liegen, ſo können ſie nicht ſo leicht be-
ſtochen werden.

Bomb. Dieſer Herr ſcheint in ſeinen
Grundſätzen nicht ſo unpartheyiſch zu ſeyn,
wie Sie ihn geſchildert haben, Herr Witzfalle.

Witzf. Ba, ba! Man muß doch einen
Narren in einer Komödie haben; und außerdem habe ich dieſen Karakter blos geſchrie-
ben, damit die andern deſto beſſer hervorſte-
chen möchten.

Stadtd. Rathsherr, Sie denken ſchlecht:
die Ehrlichkeit iſt keinem Lande allein eigen:
wer hundert Meilen von hier entfernt wohnt,
kann eben ſo ehrlich ſeyn, als unſer ehr-
lichſter Nachbar.

Alle. Ja, ja, ja, (ſie nicken mit den Köpfen.)

Stadtd. Außerdem, meine Herren, ſind
wir nicht einem Fremden, der uns Gutes

thut, mehr verbunden, als unsern Nach=
barn, der uns ohnedem schon Verbindlich=
keiten schuldig ist? Ich glaube, meine Her=
ren, daß unter uns allen kein einziger ist,
der nicht zum wenigsten zwanzig Mal des
Jahres mit dem Sir Heinrich Sorjon ißt
und trinkt: und ich habe in meinem Leben
nichts von dem Lord oder dem Obersten ge=
hört, als seit vierzehn Tagen: und doch sind
sie so höflich, verbindlich und gemein, als
wenn wir bei einander geboren und aufer=
zogen wären.

1ter Rathsh. Ja, ja, sie sind sehr höf=
lich, wohlerzogene Leute: das ist wahr;
allein werden sie uns keine beständige Armee
auf den Hals bringen?

Stadtd. Rathsherr, man hat Sie be=
trogen: die Landparthey würde das thun:
wenn wir aber den Lord und den Obersten
wählen, so bekommen wir keinen einzigen
Soldaten in die Stadt. Aber stille, hier
kommen Sie beide.

(Lord Amtur und Oberster Goldberg kommen.)

Lord A. Unterthänigster Diener, meine
Herren: ich habe den Obersten Goldberg
mitgebracht, um mit Ihnen zu frühstücken.

Stadtd. Ew. Herrlichkeit und Ihr
Gnaden, der Herr Oberster erzeigen uns

große Ehre. Haben Sie die Gnade und setzen sich. Mehr Wein her.

Bomb. Herr Witzfalle, Ihre Schauspieler werden sich im ersten Act vollsaufen.

Witzf. Unterbrechen Sie die Probe nicht, werther Herr.

Lord. A. Meine Herren, auf die Wohlfahrt der Gemeinen!

Bomb. Herr, ich bin ein Freund von der Gemeine, und wenn es Ihnen gefällt, so wollen wir dem Lord bescheid thun. Gut Glück Ihrer Komödie, Herr Witzfalle.

(Er trinkt.)

Witzf. Gebt mir auch ein Glaß — auf Ihre Tragödie! — izt unterbrechen Sie uns weiter nicht, denn dieser Auftritt ist ein immerwährender Spaß: und wenn Sie den Mund öfnen, so zerreissen Sie gleich den Faden des Scherzes.

Stadtd. Mylord, wir wissen alle, wie vermögend Sie sind, unsrer Gemeine zu dienen, und wir hoffen auch die Würkungen davon zu empfinden.

Lord A. Sie können sich auf mich verlassen: ich werde alles thun, was in meinem Vermögen ist. Ich werde Ihnen gewisse Dienste leisten, die sich izt nicht wohl nennen lassen. Unterdessen, Herr Stadtdirektor, erlauben Sie mir, daß ich Ihnen zum Zeichen meiner Aufrichtigkeit die Hand drücke.

Witzf. Sie, Herr, der Sie den Lord vorstellen, bestechen Sie etwas öffentlicher, sonst möchten die Zuschauer den Spaß nicht merken, und das ist der größte Spaß im ganzen Stück.

Lord A. Herr, beim Tisch kann ich es unmöglich besser machen.

Witzf. Nun, so steht alle auf, und tretet vorne an die Bühne. Izt, Ihr Herren, Stadtdirector und Rathsherrn, stellt Euch in einer Reihe, und Ihr, Lord und Oberster, fangt an diesem Ende an, und schmiert und besticht mit der rechten und linken Hand bis an das andre Ende.

Bomb. Soll das Witz seyn?

Witzf. Ja Herr, das ist Witz, und solcher Witz, der durch das ganze Königreich gültig, und gangbar seyn wird.

Bomb. Allein, wie mich deucht, haben Sie dem Obersten, den Sie Goldberg nennen, keine Rolle gegeben, denn er spricht gar nichts.

Witzf. Sie werden anders denken, ehe das Spiel zu Ende ist: izt hat er zu viel Geschäfte: erinnern Sie sich, daß ich Ihnen gleich anfangs gesagt habe, mein Stück sey keines von den gemeinen Stücken, worin vieles gesagt und wenig gethan wird. Ihr Herren, seyd Ihr alle geschmiert?

Alle. Ja, Herr.

Witzf. Nun, Mylord und Sie Oberster müssen abgehen, und für die andern Kandidaten Platz machen, damit sie auch kommen und schmieren können.

(Der Lord und der Oberster gehen ab.)

Bomb. Handelt denn Ihr Stück von nichts als von Bestechen und Schmieren, Herr Witzfalle.

Witzf. Herr, mein Stück stellt genau und richtig die Natur vor. Die Zuschauer müssen sich die Handlung zu den Zeiten denken, wo noch keine Parlaments-Acte wider Bestechung und Schmieren vorhanden war: thun sie das, so wird mein Stück Beifall finden: itzt, Herr Bombast, will ich Ihnen den Kunstgrif eines Schriftstellers zeigen, wie man eine Materie vervielfältigen, und die nemliche Sache auf verschiedene Weise thun kann. Sie müssen wissen, mein Herr, daß es zweyerley Art Bestechungen giebt, die gerade und die schiefe. Die erste haben Sie gesehen, itzt will ich Ihnen eine Probe von der zweyten geben. Einhelfer, ruf er den Sir Heinrich Foxjon, und den Ritter Burling. Doch, was machen Sie, meine Heren? wie oft muß ich Ihnen sagen, daß, den Augenblick wo die Kandidaten abtreten, Sie sich wieder an den Tisch setzen, trinken und weise aussehen müssen; Sie, Herr Stadt=director müssen sehr weise aussehen.

Bomb. (für sich) Du wirst dafür sorgen, daß er närrisch genug spricht.

Stadtd. Kommen Sie, ich trinke ein Runda auf Mylord und den Obersten: Am=tur und Goldberg. Schwätze man doch im=mer von dem Stolz der Hofleute: es ist mir in meinem Leben die Hand nicht so höflich gedrückt worden.

Witzf. Ja, ja, die Worte habt Ihr so ziemlich gut herausgedrückt: allein zeigt auch das Geld, indem Ihr das sagt.

Stadtd. Ich habe keines!

Witzf. Lieber Einhelfer, schaff' er doch Rechenpfennige an, wenn die Vorstellung ist.

Bomb. Ha, ha, ha! auf meine Ehre, die Hofparthey hat ihre Rolle vortreflich ge=spielt. Der Schauspieler übertrift den Dich=ter; mit leerer Hand bestechen schickt sich un=gemein für den Karakter eines Hofmannes.

Witzf. Laßt den Sir Heinrich Foxion und den Ritter Burling herein kommen; wo sind sie?

1ter Sch.

1ter Sch. Den Herrn Torwol ist es der Ordnung gemäß angesagt worden: allein er will die Rolle nicht übernehmen.

Witzf. Hat man an ihn geschrieben?

1ter Sch. Ja, Herr; hier ist die Antwort.

Witzf. Beide Briefe sollen dem Publicum vorgelegt werden. Allein, mein lieber Einhelfer, wer soll denn die Rolle spielen?

1ter Sch. Mein Herr, mir gefiel die Rolle so wohl, daß ich sie studiert habe, in Hofnung sie dereinst zu spielen.

Witzf. Sie sind ein allerliebster junger Mann: der Tausch freut mich außerordentlich.

1ter Sch. (als Sir Heinrich Foxjon) Halluh, he, voran! Guten Morgen, ehrlicher Edward: wie gehts, Meister Stadtdirector? Was, Ihr habt heute frühe angefangen! Kommt, kommt, sezt euch — der Ritter Burling und ich wollen eine Kanne mit Euch trinken. Kommt Meister Stadtdirector — hier ist — Freyheit und Eigenthum und keine Auflagen; thut mir Bescheid.

Stadtd. Sir Harry, Ihre Gesundheit.

Sir Heinr. Was! wollt Ihr mir nicht Bescheid thun? wollt Ihr nicht trinken, keine Auflagen.

Stadtd. Ich bin kein Freund von Party-Gesundheiten, Sir Heinrich.

B

Alle Rathsh. Nein, nein, nein, keine Parthey-Gesundheiten; keine Parthey-Gesundheiten.

Sir Heinr. So, meine Herren, seyd Ihr so gestimmt? man hat Euch den Puls gefühlt, wie ich sehe; Wollt Ihr Euch bestechen lassen, Euer Vaterland verkaufen? Wo meynt Ihr wohl, daß die Hofleute das Geld hernehmen, womit sie Euch bestechen? von Euch selbst. Denkt Ihr denn, daß einer der schmiert, nicht auch geschmiert seyn will? Wollt Ihr, daß man Euch ehrlich diene, so müßt Ihr auch ehrlich wählen; Ihr müßet Eure Stimmen um alles in der Welt Willen keinem, als den Verdienstvollen geben.

Stadtd. Ich glaube Ihnen, Sir Harry.

Sir Heinr. Herr Stadtdirector, Sie haben doch die drey Reheböcke empfangen, die ich Ihnen geschickt? Sie waren doch gut?

Stadtd. Ich danke Ihnen dafür, Sir Heinrich: allein, es ist so lange her, daß ich sie gegessen, ich habe den Geschmak davon ganz vergessen.

Sir Heinr. Wir wollen ihn wieder erwecken: ich will Ihnen morgen früh noch drey schicken.

Stadtk. Sie werden machen, daß wir einen Eckel am Wildpret bekommen; es ist so ein trocknes Essen, sehr trocken, Sir Heinrich.

Sir Heinr. Sorgen Sie nicht, ich werde es anzufeuchten wissen, wenn anders noch Wein in der Stadt zu haben ist. Rathsherr Fingerhut, ich habe Ihre Rechnung erhalten; sie ist zu billig, Sie müssen dabei verlieren: schicken Sie mir noch ein halb Dutzend Ueberröcke; meine Bediente sind die köthigsten Schlingel; Rathsherr Dammost, Warum schicken Sie meiner Frau so wenig Ellen von dem Seidenzeug? wollen Sie mir nicht trauen? das Muster gefiel ihr so wohl, sie will alle ihre Zimmer damit tapeziren: — senden Sie mir also noch hundert Ellen — ich werde noch mehr von Ihnen brauchen — Herr Bauholz, und Sie Herr Eisen, in Ihre Schuldbücher wird mein Namen auch gesezt werden.

Bomb. Hätten sich die Schuldbücher nicht besser für den Karakter des Hofmanns geschickt, Herr Wizfälle?

Wizf. Fahrt fort, fährt fort.

Sir Heinr. Der Herr unterbricht einen so oft — Oh, izt erinnere ich mich — Herr Bauholz und Sie Herr Eisen, in Ihre Schuldbücher wird mein Namen auch bald gesetzt werden; geschieht es, so soll er doch nicht lange darinnen stehen, ich gebe Ihnen mein Wort.

Witzf. Izt sprechen Sie, mein Herr; würde es sich besser für den Karakter des Hofmanns geschickt haben? Allein Sie sind wie alle unsre heutigen Kritiker, Sie verdammen einen, noch eh Sie ihn ausgehört haben — könnten Sie nur warten bis der Spaß käme —

Bomb. (für sich) Da müßte man in alle Ewigkeit warten.

Sir Heinr. Denn Sie müssen wissen, meine Herren, daß ich mein altes Haus niedergerissen und ein neues bauen will.

Witzf. Ihr Herren, bei dem Worte Haus müßt Ihr alle starr sehen. Sir Heinrich, noch ein Mal die letzte Rede, wenn's beliebt.

Sir Heinr. Denn Sie müssen ꝛc. — Herr Stadtdirector, alle meine Backsteine muß ich von Ihnen nehmen.

Stadtd. Wollen Sie wirklich ein neues Haus bauen?

Sir Heinr. Ganz gewiß.

Stadtd. Meine Herren, Sir Heinrich's Gesundheit steht still: will Niemand auf Freyheit und Eigenthum und keine Auflagen trinken? (Sie trinken alle und rufen vivat.)

Sir Heinr. Gieb mir deine Hand, Stadtdirector, ich hasse Schmieren und Bestechen; wenn diese Gemeine keine Bestechung annehmen will, so soll kein Armer unter Euch seyn.

Stadtd. Und wer sich bestechen läßt, der verdient arm zu seyn. Die Welt würde mich nicht bestechen können, wider mein Gewissen zu votiren.

Witzf. Haben Sie denn Spaß gemerkt?

Bomb. Nein.

Witzf. Wie kann ein Mann wider sein Gewissen votiren, der gar kein Gewissen hat?

1ter Rathsh. Nun, ihr Herren, trinkt, Sorjon und Burling sollen leben!

Alle. Sorjon und Burling — vivat!

Sir Heinr. Kommt, laßt uns über den Markt spatziren und dann zum Mittagessen gehen.

Stadtd. Erfüllet die Luft mit wiederholtem Geschrey, von Freyheit, Eigenthum und keine Auflagen.

(Der Stadtdirector geht mit dem Rathsherrn ab.)

Witzf. Hier endiget sich die erste Handlung.

Bomb. Es gefällt mir über die Maaßen, daß Sie dem Ritter Burling den Obersten

Goldberg so völlig ähnlich machen; beide haben noch keine Silbe geredet.

Witzf. Wollen Sie denn, daß Jedermann ein Sprecher seyn soll. Es ist genug, daß von jeder Parthey einer spricht, und der ist hinlänglich alles zu sagen, was die Parthey für sich zu sagen hat.

Bomb. Allein mich deucht, Sie sollten den Zuschauern wissen lassen, daß sie sprechen können, wenn es auch nur Ja oder Nein wäre.

Witzf. Das müssen die Zuschauer schon wissen, denn wenn sie nicht Ja oder Nein sagen könnten, so würden sie sich nicht zu Kandidaten schicken.

Bomb. Ganz gehorsamer Diener; Sie haben Recht; allein was für eine Handlung haben Sie in diesem Stücke.

Witzf. Handlung?

Bomb. Ja, welche Fabel, welchen Zweck?

Witzf. O! Sie wollen wissen, wer verheyrathet werden soll! Nun, ich habe auch eine Heyrath: Sie werden doch glauben, daß ich die Regeln des Schauspiels besser verstehe, als daß ich ein Stück schreiben sollte, ohne Jemanden darinnen zu verheyrathen.

Bomb. Allein ist das der Hauptzweck, worauf alles hinausläuft?

Witzf. Ja, Herr.

Bomb. Nun so kann ich bei meiner Ehre nicht absehen, wie das, was bisher vorgegangen ist, zu dem Zweck führen kann.

Witzf. Das glaube ich, daß Sie das nicht können; darin liegt die ganze Intrike meines Stücks: glauben Sie denn, daß ich Ihren schaalen Schauspieldichtern gleiche, die gleich im ersten Act ausposaunen, wie viel und welche miteinander verheyrathet werden sollen. Nein, Sie können nicht rathen, was ich für ein Paar zusammen kupplen will, bis die Sache geschehen ist; und das geschieht noch dazu durch einen Zufall, der aus der Handlung entspringt, und worauf am Ende alles hinaus läuft.

Bomb. Das soll mich wundern.

Witzf. Sie sind nicht der erste, der sich über meine Schriften gewundert hat. — Allein wo sind die Schauspieler geblieben? Hier, wer fängt den zweyten Act an? Einhelfer!

(Erster Schauspieler kommt.)

1ter Sch. Der Einhelfer und die meisten Schauspieler trinken Thee im grünen Zimmer.

Wißf. Herr Bombaſt, laſſen Sie uns auch eine Taſſe mit ihnen trinken. (Zum Schauſpieler) Kommen Sie, Sie haben eine Rolle in meinem Stück, und können alſo auch mit uns Thee trinken.

Iter Sch. Herr, ich darf in's grüne Zimmer nicht kommen: meine Beſoldung iſt nicht groß genug dazu: ich würde Strafe geben müſſen.

Wißf. Ba, ba, kommen Sie mit: Ihre Schweſter hat Verdienſte genug für ſich ſelbſt und auch für Sie; das wird Ihnen ſchon heraushelfen.

Zweyte Handlung.

Erſter Auftritt.

Wißfalle, Bombaſt, Einhelfer, Lord Amtur, Frau Stadtdirectorin und ihre Jungfer Tochter.

Wißf. Vielleicht, Herr Bombaſt, haben Sie mich bisher nur für einen Pfuſcher in dem niedrigen Luſtſpiele gehalten: izt ſollen Sie einige Auftritte von feiner Lebensart und geſellſchaftlicher Unterhaltung unter Damen ſehen. Mylord Amtur, Sie fangen an.

Lord A. Was meynen Sie wohl, Frau Stadtdirectorin, daß die Elle von diesen Spitzen koste?

Witzf. Herr, ich bleibe in diesem Spiel gänzlich der Natur getreu: hier wird gar nichts gesagt, daß ich nicht zwanzig Mal von den vornehmsten Leuten habe sagen hören. Dieser Auftritt allein kostet mich über zehn Gulden an Sänften, um die besten Gesellschaften, wie man sie nennt, zu besuchen.

Frau St. Doch wohl nicht weniger als zehn Guineen die Elle?

Lord. A. Waren Sie auf der letzten Ridotto?

Bomb. Ridotto! der Teufel! eine Stadtdirectorin von einem Flecken auf der Ridotto?

Witzf. Herr, eine Unterhaltung von dieser Art kann man ohne dergleichen Hülfsmittel nicht fortsetzen; außerdem kann ja diese Stadtdirectorin von einem Flecken, wie Sie sie nennen, auch etwas von der Stadt wissen. Sie ist Kammerfrau bey einer vornehmen Dame gewesen.

Bomb. Das ist mir lieb zu hören.

Frau St. O! Mylord, sagen Sie mir nichts von den lieben Ridottos: ich bin schon seit zwölf langen Monaten auf den Lande: hier haben wir keinen Zeitvertreib, als eine

Bande scheuslicher Komödianten: ehe Sie hieher gekommen sind, habe ich kein menschliches Geschöpfe gesehen. Der Himmel verleyhe nur, daß unsre Wahl dies Mal bestritten wird, so komme ich doch ein Mal nach dem lieben theuren London.

Jungf. St. Ja, Mama, dann werden wir den Faribelly, und das wunderbare Mann-Weib sehen, das, wie man sagt, schwanger ist: und die schönen Bilder von Merlin's Hole, und das Seiltanzen und Luftspringen.

Bomb. Nach dem Geschmack der Jungfer sollte man glauben, daß sie auch bey einer vornehmen Frau erzogen wäre.

Lord A. Ich muß den feinen Geschmack bewundern, den die Jungfer in Ihrer Wahl der Unterhaltungen zeiget: sie wird gewiß von allem, was man Beau Monde heißt, bewundert werden, und bald Maitreſſe von einem vornehmen Herrn werden.

Jungf. St. Maitreſſe, Mylord!

Lord A. Ja; ein junges Mägdchen, das die Welt nicht kennet, kleidet so ein Blick der Verwunderung recht gut: ein Jeder unterhält izt, oder wird unterhalten: Heyrathen giebt es gar nicht mehr, sondern blos Handwerks-Kontrakten, die zur Aufrechthaltung der Familien dienen. Allein vierzehn Tage nachher hält sich der Mann eine Maitresse, und die Frau einen Galan.

Frau St. Mylord, mein Mägdchen soll es wie andre junge Frauenzimmer machen; allein sie kennt keine vornehmen Herren, wer wird sie zu ihnen führen?

Lord. A. Das müssen Sie thun, Madame. Sie müssen sich ein Haus miethen und Gesellschaften besuchen: in kurzer Zeit können Sie eine Assemblee halten, und so hoch spielen, als Sie vermögen; und fast alles Geld, was gewonnen wird, müssen Sie in eine Schachtel legen, worauf Sie Karten-Geld schreiben lassen: obschon das Geld Ihre Lichter, Ihre Kleider, Ihren Hauszins, kurz alles bezahlt, was Sie haben. Ich kenne Leute, die in der Stadt großes Aufsehen machen, und deren ganzes Vermögen in der Kartenschachtel liegt.

Frau St. Wie bin ich Einfältige denn so lange die Frau eines armen Landhandwerkers gewesen, da ich so glücklich hätte seyn können!

Bomb. Wie kommt es denn, Herr Wißfalle, daß diese Frau in allen diesen Dingen so unwissend ist, da sie doch Erziehung hat?

Wißf. Zum Henker, das ist wahr! ich hatte ihre Erziehung vergessen, als ich diese

Rede schrieb — den Fehler begehe ich oft. —
Man müßte ein Gedächtniß vom Teufel haben, wenn man alle kleine Nebendinge beobachten wollte — doch, fahrt fort; ich will es hernach abändern.

Lord A. Das ist in der That ein elendes Leben, Madame: ich hoffe, daß wir in kurzem gar keine Handwerker mehr haben werden: ich sehe gar nicht ein, wozu sie gut sind. Wenn mich die Wahl trift, so bringe ich eine Bill ins Parlament alle Gewerbe im Königreiche auszurotten.

Frau St. Ja, Mylord, das würde sehr gut für vornehme Leute seyn, die kein Geld nöthig haben.

Bomb. Schon wieder! die Frau Stadtdirectorin kennt die vornehmen Leute sehr schlecht, und hat doch Umgang mit ihnen gehabt.

Witzf. O! mein Herr, Sie sind so lästig — nun, sie ist nicht bei vornehmen Leuten gewesen, sie ist gewesen, wo ich will; aber gesetzt, wir sollten setzen, daß sie Kammerfrau bei einer vornehmen Dame gewesen wäre, kann man denn nicht auch setzen, daß sie in vierzehn Tagen wieder weggejagt worden sey? Was konnte sie dann wissen? Fahrt fort, fahrt fort.

Lord A. Ach! Madame, wenn ich von Gewerben rede, so meyne ich die niedrigen, dummen, mechanischen Gewerbe, die der Pöbel treibt: es giebt verschiedene andre, die rühmlich genug sind, und Vornehme wohl treiben können, nemlich spielen, cabaliren, intriguiren, votiren und Schulden machen.

Witzf. Geschwinde; ein Bedienter kömmt und flispert dem Lord etwas ins Ohr (es kömmt ein Bedienter) geben Sie auf Ihr Stichwort acht.

(Der Bediente geht ab.)

Lord. A. Frauenzimmer, eine besondre Angelegenheit zwingt mich eine so gute Gesellschaft zu verlassen. Ihr gehorsamster Diener. (Geht ab.)

Frau St. Das ist ein gewaltig feiner Herr.

Jungf. St. Muß ich denn Maitresse werden, Mama?

Frau St. Mein Kind, du mußt thun, was Mode ist.

Jungf. St. Ich habe aber doch gehört, daß das gottlos wäre.

Frau St. Das kann nicht seyn, weil es Leute thun, die besser sind als Du bist. Der Pöbel wird gestraft, wenn er Böses thut: vornehme Leute aber werden nie gestraft; sie können also nie Böses thun.

Bomb. Ein vortreflicher Syllogismus, und ganz im Karakter.

Witzf. Ba! Was wollen Sie mit dem Karakter — es ist gut gesagt? — Woran — laßt den Stadtdirector besoffen herein treten.

(Der Stadtdirector kömmt.)

Stadtd. Freyheit und Eigenthum und keine Auflagen, Frau.

Frau St. Ha! schmutziger, garstiger Lümmel, bleib mir vom Leibe.

Stadtd. Aber ich will, wie ich will, ich bin für Freyheit, Eigenthum und keine Auflagen: ich votire für keine Hofleute, Frau.

Frau St. Allein Du sollst.

Jungf. St. Sie werden doch nicht für einen schmutzigen stinkenden Landjunker votiren, Papa?

Stadtd. Was zum Henker! bist Du auch für die Hofparthey?

Jungf. St. Ja, ich bin eine Freundin meines Vaterlandes, und will den Pabst nicht in's Land bringen.

Stadtd. Nein, ich will auch keine beständige Armee haben.

Frau St. Aber ich will eine beständige Armee haben: eine beständige Armee ist eine sehr schöne Sache *); Ihr gebt vor, daß ihr

---

*) Hier geht eine sehr schmutzige Zweydeutigkeit verloren. A. d. W.

Eure Freyheit und Eigenthum zu verlieren fürchtet: nein, Ihr fürchtet vielmehr für Eure Weiber und Töchter. O! es ist eine Freude Soldaten in der Stadt zu sehen: schwätze, was Du willst, die Stadt verliert doch nichts dabey.

Stadtb. Die Weiber wenigstens nicht.

Frau St. Du mußt wissen, daß die Klagen der Weiber eben so gut in Betrachtung genommen werden sollen, als die Eurigen. Der Lord und der Oberster thun Euch zu viel Ehre an, wenn sie sich als Repräsentanten solcher bäurischen, schmutzigen Flegel anbieten. — Ach! wenn wir Weiber nur wählen dürften.

Stadtb. So! da würden wir allerliebste Parlamentsglieder haben.

Frau St. Ja, das solltet Ihr, lauter artige Herren, keinen einzigen, ohne einen galonirten Rock.

Jungf. St. Ach! was würde das für ein schöner, reizender Anblick seyn! ich liebe ein galonirtes Kleid und wenn ich je Maitresse werde, so muß es von einem Manne seyn, der ein galonirtes Kleid trägt.

Stadt. Was sagst Du da Mägdchen?

Frau St. Was geht Dich das an?

Stadtd. Wie, Madame, darf ich nicht mit meiner eignen Tochter sprechen?

Frau St. Du bist mir große Verbindlichkeit schuldig, daß sie es ist; hätte ich gedacht, daß Du deine Familie zu Grunde richten würdest, Du hättest meinentwegen an den Galgen gehen mögen: ich hätte Dich nicht genommen.

Stadtd. Ich! meine Familie zu Grunde richten!

Frau St. Ja, ich habe Dein Glück bei Mylord gemacht: ich habe eine Bedienung für Dich erhalten, und Du willst sie nicht annehmen.

Jungf. St. Sie sollen sie annehmen.

Stadtd. Du sollst dem Lord und dem Obersten deine Stimme geben.

Jungf. St. Es sind die schönsten Leute —

Frau St. Die artigsten Leute —

Jungf. St. Die süßesten Leute —

Frau St. Und Du sollst für sie votiren.

Stadtd. Ich laß mich nicht bestechen.

Frau St. Eine Bedienung ist keine Bestechung. Frag den Pfarrer, ob eine Bedienung eine Bestechung ist.

Stadtd. Was ist es für eine Bedienung?

Frau St.

Frau St. Das weis ich nicht; Mylord weis es auch nicht: allein es ist eine große einträgliche Bedienung.

Stadtd. Ich will zuerst die Bedienung haben; ich lasse mich nicht bestechen. Erst die Bedienung: Freyheit und Eigenthum! ich will erst die Bedienung haben.

Frau St. Komm, mein Kind, ich will sehen ob er nach seinem oder nach meinem Gewissen votiren soll. Die Männer meynen, sie tragen die Hosen, aber wir haben die Macht.

Witzf. Hier endiget sich der zweyte Act. (Stadtdirectorin und Jungfer Stadtd. gehen ab.) So, mein lieber Herr Bombast, gebe ich beim Schlusse jeder Handlung eine besondre Moral: und deswegen hätte ich auch ein besonderes Motto vor jede Handlung setzen können, wie der Autor vom Caesar in Egypten gethan hat. Beim Schluß des zweyten Acts hören Sie, daß wir alle unter der Regierung der Weiberröcke stehen, und beim dritten, doch Sie sollen schön sehen — Herein Lord Amtur, Oberster Goldberg, und etliche Wohlmänner. Mylord Sie fangen die dritte Handlung an.

Lord Amtur, Oberster Goldberg, nebst verschiedenen Wahlmännern.

Lord A. Seyn Sie versichert, meine Herren, daß ich für Sie alle sorgen will: Sie sollen alle Bedienungen haben, so bald als möglich ist. Das Zollhaus, und die Auflagenkammer verschaffen viele Bedienungen.

1ter Wahlm. Können Ew. Herrlichkeit nicht etwas für mich bei Hofe ausmachen?

Lord. A. Nichts leichter; was für einen Platz möchten Sie?

1ter Wahlm. Giebt es nicht dorten eine Art Bedienung, die man Rindfleischessen nennt. — Wenn Ew. Herrlichkeit mich zum Rindfleischfresser*) machen wollten — dazu würde ich mich gut schicken.

Lord A. Ich werde mich Ihrer erinnern.

2ter Wahlm. Mylord, ich möchte auch gerne einen Platz bei Hofe haben: es gilt mir gleich, was für einer es ist, wenn ich nur etwas in der Küche oder im Keller zu thun habe; der Keller wäre mir freylich lieber, denn ich bin ein verteufelter Liebhaber vom süßen Wein.

---

*) Ein Beiname der königlichen Leibgarde A.d.Ueb.

Lord A. So, vom süßen Wein? Sie sollen Poeta laureatus werden.

2ter Wahlm. Poet? Nein, Mylord, ich bin kein Poet, ich kann keine Verse machen.

Lord A. Das thut nichts; Sie können doch Oden machen?

2ter Wahlm. Oden! was ist das Mylord?

Lord A. Ich weis es, meiner Treue, eigentlich selbst nicht, allein zu dem Plaz schicken Sie sich recht gut, ohne Poet zu seyn.

Witzf. Itzt, Mylord, treten Sie auf die Seite, und sprechen mit Ihren Leuten; der Oberste kömmt vorwärts.

Bomb. Es ist wirklich hohe Zeit, daß man den Obersten auch zu hören bekömmt.

Oberster. Verlassen Sie sich darauf, ich werde Ihnen dienen.

Bomb. Auf mein Wort, der Oberste fängt recht gut an: allein ist das nicht schon gesagt worden?

Witzf. Ja; und wenn ich hundert Hofleute in meinem Stücke hätte, so sollten sie alle das nemliche sagen — und keiner es thun.

3ter Wahlm. Ihr Gnaden, Herr Oberster, ich habe in einem Buch, Jog's Wochen blatt genannt, gelesen, daß Ihr ganzes Regiment in Wachs bossirt werden soll: ich habe bei einem Wachsbossirer meine Lehrjahre ausgedient, und möchte gerne Ew. Gnaden Regiment machen.

Oberster. Sie können sich auf mich verlassen.

3ter Wahlm. Werden Ihre Officiere auch von Wachs gemacht, so will ich feineres dazu zubereiten.

Oberster. Nein, keiner als der Regimentspfarrer.

3ter Wahlm. O! für den habe ich recht schön schwarzes Wachs.

Witzf. Sie sehen, daß der Oberste sprechen kann, wenn Militairsachen aufs Tapet kommen. Bis hieher, Herr Bombast, ist das Stück ruhig und Stille fortgegangen: ist sollen Sie einen stürmerischen Auftritt sehen. Laßt den Pöbel von beiden Seiten herein, und sich einander von der Bühne herunter prügeln. Herr Oberster, da es ist Ihre Sache nicht ist sich zu schlagen, so gehen Sie lieber weg, eh die Bataille anfängt. Sie und Ihr Mitkandidat treten mitten auf die Bühne; Ihr Wahlmänner, stellt Euch neben Eure verschiedenen Anführer. (Der Pöbel will hereinbrechen) Wartet doch, Leute, wartet doch: wenn der

Oberst abgeht, so ist dies das Zeichen, daß die Schlacht anfängt. Izt Mylord und Oberst, Sie sind an der Spitze Ihrer Partheien — aber halt, halt. — Du Rindfleischfresser, geh Du hinter Mylord, und Du Regimentsmacher hinter den Obersten, izt reden Sie.

Lord A.⎫
Oberst.⎭ Meine Herren, wir wollen Ihnen dienen.

(Der Lord und der Oberste gehen auf verschiedenen Seiten ab, ihre Partheien folgen ihnen.)

(Der Pöbel dringt von beiden Seiten herein, und schreyt durcheinander: "Keine Hofleute, keine "Jacobiten! keine Auflagen! Amtur und "Goldberg! Forjon und Burling!" Zuletzt setzt es Schläge bis sie sich einander von der Bühne wegprügeln. (Ab.)

Sir Heinrich Forjon, Ritter Burling und der Stadtdirector.

Sir Heinr. Ihr habt Euch brav gehalten, meine Kinder, brav gehalten, das Feld ist unser.

Stadtd. Ja, bei trocknen Schlägen kommen wir allzeit gut davon: Könnten wir nur die Armee abdanken, so würden wir mit allem zu Stande kommen. Ihretwegen habe ich einen harten Schärmützel ausgestanden. Unsre Gegenparthey hat meine

Frau auf ihre Seite gebracht: Mylord hat ihr eine Bedienung versprochen, allein ich lasse mich nicht so bei der Nase herumführen; man kann mich wohl, wie den Fisch im Wasser, mit einer Lockspeise fangen, aber nicht wie den Hund im Wasser, mit einem Schatten.

Sir Heinr. Ich weiß, daß Sie ein ehrlicher Mann sind, der sein Vaterland liebt.

Stadtd. Das lieb ich, Sir Heinrich, so sehr, als irgend einer: wenn mein Vaterland mir nur dafür zu leben geben wollte, das ist alles was ich wünsche.

Bomb. Der Herr Stadtdirector scheint plötzlich wieder nüchtern geworden zu seyn.

Witzf. Ja, das würde Ihnen auch wiederfahren, wenn Ihre Frau Sie so lange herumgezauset hatte; scheinet Ihnen diese Ursache etwan nicht gründlich, nun so kann er immer noch betrunken seyn: es thut nichts zur Sache; — Herr Stadtdirector, spielen Sie diese Scene, als betrunken.

Bomb. Mich deucht, daß der Stadtdirector während der ganzen Wahl nicht ein einzigesmal nüchtern seyn sollte.

Rit. Burl. Ein Mann, der sich für sein Vaterland nicht betrinken will, ist ein Schurke.

Stadtd. Das ist er, edler Ritter; der Kerl, der sich nicht betrinkt, hat keine Ehrlichkeit; — er ist ein Feind des Gewerbs und Handels der Nazion.

Sir Heinr. O! es waren herrliche, wonnevolle Tage, als die ehrliche englische Gastfreyheit noch blühte, da ein Landjunker es vermochte, seinen Nachbaren betrunken zu machen, noch ehe die verdammten französischen Moden zu uns herübergebracht wurden. Meister Stadtdirector, können Sie es glauben, daß viele von diesen Hofleuten, hinter deren Kutschen sechs verhungerte Laquaien stehen, nicht einen Ohm Wein im Keller haben? wie meynen Sie wohl, daß sie ihr Geld verschwenden?

Stadtd. Das weis ich, meiner Treue, nicht.

Sir Heinr. Wie anders, als an Häuser, Spitzen, Stickereyen, Gemählde, Flittersachen, welsche Sänger, und französische Luftspringer. Geben wir heute unsre Stimmen, so ist morgen die Wahl vorüber, und Sie sind kaum im Stande uns ein Mittagessen zu geben.

Stadtd. Ich denke oft, wenn diese Hofleute abgesetzt werden sollten, wer ihnen denn folgen würde?

Sir Heinr. Wer anders, als wir?

Rit. Burl. Freylich, wir.

Sir Heinr. Alsdann können wir für unsre Freunde sorgen; ich liebe mein Vaterland, allein, warum soll ich nicht so gut, als ein Andrer etwas dabei gewinnen? Zum wenigsten mich wieder schadlos halten? — ich versichre Sie, ich habe keine einzige Stimme erkauft, und doch kostet mich meine Wahl gegen fünftausend Guineen.

Rit. Burl. Ja, das kostet mich meine auch: — allein Sir Heinrich, behalten wir die Oberhand, so ist mein fester Entschluß, daß gleich die Nazionalschulden bezahlt werden sollen.

Sir Heinr. Ritter Burling, das soll mit aller bequemlichen Eilfertigkeit geschehen.

Rit. Burl. Ich will gar von keinen Aufschub wissen.

Stadtd. Da sprach der Geist eines wahren Engländers; O! es ist eine Freude mein Herz für den Ritter reden zu hören! Er wird gewiß bei den Ausländern seinem Vaterlande große Ehre machen! wie werden sie ihn bewundern!

Sir Heinr. Unsre Freunde warten auf uns in der Schenke: bei einer Flasche wollen wir weiter davon reden.

Rit. Burl. Von Herzen gern: aber die Nationalschulden müssen bezahlt werden.

Sir Heinr. Kommt zur Schenke; dort soll feuriger Burgunder unser Gespräch beleben, im Vergnügen wollen wir den Beschwerden der Nazion abhelfen.

Witzf. Hier endigt sich der dritte Act.

(Sir Heinrich, der Ritter und der Stadtdirector gehen ab.)

Bomb. Was ist denn die Moral von diesem Act, wenn ich bitten darf?

Witzf. Wissen Sie das wirklich nicht?

Bomb. Nein, wirklich nicht.

Witzf. Nun, so will ich es Ihnen wirklich auch nicht sagen: da Sie das nicht wahrnehmen können, so will ich doch versuchen, ob Sie die Intrike entdecken. So eben fängt sie an: Sie müssen ganz genau Acht geben, ich versichre Sie; der Teufel hol mich, wenn ich Ihnen helfe.

Bomb. Ist es im vierten Act nicht zu späth, die Intrike sehen zu lassen, Herr Witzfalle?

Witzf. Freylich ist es ein Fehler: aber doch ein Fehler an seinem Platz. Ich weis, daß eine Intrike im ersten Act angefangen worden ist, und der Dichter sowohl, als die

Zuschauer hatten sie vergessen, ehe der dritte Act geendiget war: ich möchte eben so ungern dem Gedächtnisse der Zuschauer, als meinem eignen beschwerlich fallen, denn sie können immer alles vergessen, was bisher vorgegangen ist, sie werden die Intrike nichts destoweniger recht gut verstehen.

Einhelf. Ruft den Herrn Stadtdirector, die Frau Stadtdirectorin und ihre Jungfer Tochter.

Stadtdirector, Stadtdirectorin und ihre Jungfer Tochter.

Frau Stadtd. Hab' ich Dich endlich gefunden? schon eine Stunde suche ich Dich.

Stadtd. Ich wünschte, mein Kind, Du hättest mich eher gefunden: ich, Sir Heinrich und Ritter Burling haben auf das Wohl der alten Sache getrunken; Du würdest der ganzen Gesellschaft herzlich willkommen gewesen seyn.

Frau St. Ich will von solcher Gesellschaft nichts wissen: mit Bauren und Landjunkern halt ich mich nicht auf.

Jungf. St. Meine Mama spricht mit keinen Jakobiten.

Stadtd. Mein Kind, ich habe etwas Neues für Dich, etwas recht gutes: izt habe ich eine Bedienung.

Frau St. O, ho! So willst Du endlich dem Lord Deine Stimme geben.

Stadtd. Nein, mein Schatz, Sir Heinrich verschaft mir einen Platz.

Frau St. Einen Platz in seinem Hundsstall!

Stadtd. O, nein, nein! einen Platz, den Du nimmermehr von Mylord erhalten könntest: ich soll Ambassadeur werden.

Frau St. Will denn Sir Heinrich seine Parthey verlassen, und zu der andern übergehen, daß er so viele Macht bekömmt?

Stadtd. Nein, nein, aber die Partheyen selbst werden sich einander verlassen. Sir Heinrich wird — ich weis nicht, wie ich es nennen soll, nein, ich nicht; — er wird ein recht großer Mann, und so bald er ein recht großer Mann ist, soll ich zum Ambassadeur gemacht werden.

Frau St. Zum Esel gemacht werden! Wirst Du nie von mir lernen, daß ein Vogel in der Hand zwey auf dem Dache werth ist?

Stadtd. Ja, allein ich sehe doch nicht, daß Du den Vogel in der Hand hast: wäre das der Fall, so weis ich nicht, was ich gethan haben würde: ich weis aber doch, daß eines Jeden Versprechungen so gut sind, als eines Hofmanns seine.

Frau St. Hör, Herr Ambassadeur, der es noch werden soll: willst Du rotiren wie ich es haben will oder nicht? — das sag' ich Dir, Du must entweder für Mylord votiren, oder — oder ich mach das Haus zu heis für dich — ich will einmal sehen, ob meine arme Familie darum zu Grunde gerichtet werden soll, weil Du Grillen hast.

Jungf. St. Er ist ein Jacobit in seinem Herzen, das weis ich.

Frau St. Was liegt daran, was er in seinem Herzen ist: haben nicht hundert, die Jedermann für eben so große Jacobiten erkennt, als er ist, wie sehr gute Hofanhänger gehandelt? Was hat des Menschen Herz mit seiner Zunge zu schaffen? Ich bekümmere mich nicht um das, was er denkt, ich will nur, daß er votire.

Jungf St. Meine Mama ist doch gewiß eine sehr vernünftige Frau.

Frau St. Ja, ich bin nur zu vernünftig, und habe zu lange gelinde Mittel gebraucht; allein ich will andre versuchen.

(Sie geht in einen Winkel der Bühne und holt einen Prügel.)

Stadtb. Nun, wohlan! Freyheit und Eigenthum und keine Auflagen! (Er läuft davon.)

Frau St. Ich will Dich Auflagen, Du Schurke! (Sie läuft hinter ihm her.)

Jungf. St. Hey ho! izt wünsch ich, daß Jemand hier wäre! wäre nur der Mann hier, den ich am meisten in der Welt liebe; ich wollte ihn behandeln — wie einen Hund.

Bomb. Ist das nicht ein seltsamer Wunsch, Herr Wißfalle?

Wißf. Mein Herr, gar nicht; behandeln nicht in allen Komödien die Mädchen ihre Liebhaber eben so? würden wir nicht selbst die Hälfte der besten Scenen in unsern Komödien verlieren?

Einhelf. Meine Herren, ich bitte, stöhren Sie die Probe nicht. Wo ist der Bediente? (Es kömmt ein Bedienter) Warum giebt er nicht auf sein Stichwort Acht?

Bedient. Ja, ja, Hund ist mein Stichwort. Hier kömmt Jungfer Bügeleisen, des Schneiders Tochter, Sie zu besuchen.

Jungf. St. Führt sie herein — was will die Unverschämte von mir! Sie weis, daß ich sie hasse, weil sie von der andern Parthey ist: doch ich will so höflich mit ihr seyn, als ich immer kann.

Jungfer Bügeleisen.

Jungf. St. Ihre Dienerin, liebe Jungfer, dies ist in der That eine unerwartete Höflichkeit.

Jungf. B. O, Sie haben gewiß keine Ursache so zu sagen, denn obschon wir von verschiedenen Partheyen sind, so habe ich doch immer großes Verlangen nach ihrer Bekanntschaft getragen. Ich sehe gar nicht ein, warum Leute nicht ihre Grundsätze für sich selbst behalten könnten. (Das letzte für sich.)

Jungf. St. Setzen Sie sich, Jungfer. Nun, was giebts gutes Neues in der Stadt?

Jungf. B. Ich weis gar nichts, Jungfer, denn ich bin seit drei Tagen nicht aus dem Hause gekommen; ich war immer beschäftiget eine von Kraftmanns Zeitungen zu lesen: O, es war eine recht schöne, ich habe sie fast auswendig gelernt.

Jungf. St. (für sich) Die naseweise Vettel! das hätte sie mir ersparen können; warum sagt sie mir das, da sie weis, daß ich eben die Zeitung verabscheue?

Jungf. B. Doch, ich bitte um Verzeihung, meine Liebe, ich weis, daß Sie diese Zeitung niemals lesen.

Jungf. St. Nein, Jungfer, das thue ich nicht: ich habe genug zu thun, den täglichen Zeitungsschreiber zu lesen. Mein Vater bekömmt jede Woche sechs Exemplare davon umsonst: sie sind sehr schön, und ich wünschte, daß Sie sie auch lesen möchten.

Jungf. B. Pfuy, Jungfer! wie können Sie lesen, was ein altes Weib schreibt!

Jungf. St. Ein altes Weib, Jungfer!

Jungf. B. Ja, Jungfer; von Madame Osborn — Sie können es nicht läugnen.

Jungf. St. Ich bitte, Jungfer, reden Sie nicht weiter davon, denn wir werden nicht übereinkommen.

Jungf. B. Gut, Jungfer, nun sagen Sie mir einmal ernsthaft, was Sie von diesem Frieden halten?

Jungf. St. Ich bin damit zufrieden, und ich denke, daß Sie es auch seyn müssen.

Jungfer B. Er würde mir ganz Recht seyn, wenn ich nur wüste, daß man der Königin von Spanien trauen könnte.

Jungf. St. (indem sie aufsteht) Ich bitte, Jungfer, keine Anspielungen wider die Königin von Spanien.

Jungf. B. Werden Sie nicht böse, Jungfer.

Jungf. St. Aber ich will böſe werden, Jungfer, wenn das Wohl meines Vaterlandes aufm Spiel ſteht.

Jungf. B. (aufſtehend) Vielleicht, Jungfer, habe ich ein Herz, das für das Wohl meines Vaterlandes eben ſo warm iſt, als das Ihrige; obſchon ich die Zeitungen bezahle, die ich leſe, Jungfer, und das iſt mehr, als Sie ſagen können.

Jungf. St. Jungfer, Jungfer, meine Zeitungen werden auch von Jemanden bezahlt, obſchon ich ſie nicht bezahle: die alte Frau, wie Sie ſie nennen, wird ſie doch nicht auf ihre Koſten herumſchicken: allein Sie müſſen wiſſen, Jungfer, daß wenn es auf das Wohl meines Vaterlandes ankömmt, ich mein Geld eben ſowenig achte, als Sie das Ihrige, und für die beſtändige Armee wollte ich jeden Heller von dieſen ſechzehn Schillingen aufopfern.

Jungf. B. Und ich, ich liebe dieſen Fächer über alle Fächer, die ich je geſehen habe, weil mein Liebſter mir ihn auf St. Valentins Tag geſchenkt hat, allein ſollte er für den Oberſten votiren, ich würde den lieben Fächer in tauſend Stücke reiſſen. O! O Himmel! O Weh! O Weh! ich habe meinen Fächer zerriſſen! ich hätte meinen lieben Fächer um alles in der Welt nicht zerriſſen. O mein

O mein lieber armer Fächer! Ich wünsche alle Partheyen zum Teufel, denn ich werde gewiß bei keiner meinen Fächer gewinnen.

Jungfer St. Ungeachtet allem, was Sie gesagt haben, Jungfer, wär' ich doch ein Unmensch, wenn ich Sie nicht herzlich bemitleidete: trösten Sie sich, mein liebes Kind; ich habe einen Fächer, der dem Ihrigen vollkommen gleicht: wollen Sie Ihren Liebsten überreden, daß er für den Obersten votirt, so sollen Sie ihn haben.

Jungfer B. Kann ich denn mein Vaterland für einen Fächer verkaufen! — was geht mich mein Vaterland an? — ich werde nie einen Fächer dabei gewinnen. — Wollen Sie mir ihn denn umsonst geben?

Jungfer St. Ganz umsonst: ich mache Ihnen ein freywilliges Geschenke damit.

Jungfer B. Ich schäme mich über Ihren Sieg — aber ich will doch den Fächer nehmen.

Jungfer St. Kommen Sie, meine Liebe, wir wollen Thee trinken.

Jungfer B. Laßt alle Partheyen mich tadeln, wenn sie können; sie lassen sich durch Dinge bestechen, die noch nichtiger sind, als ein Fächer.

(Die beiden Jungfern gehen ab.)

Wißf. Hier endiget sich der vierten Act. Fragen Sie nach der Moral desselben, so hat Sie der Teufel verblendet! Meiner Treue! der Zufall mit dem Fächer rührte mich so stark, ich war schon einmal willens, dem Stücke den Titel, der Fächer, zu geben. Izt zum fünften Act.

Einhelfer. Herr, der Schauspieler, der ihn anfängt, ist gewisser dringenden Angelegenheiten wegen bei Seite getreten: er bittet um einige Minuten Geduld.

Wißf. Kommen Sie, Herr Bombast, wir wollen ins grüne Zimmer gehen, und mit den Schauspielerinnen schwäzen.

Bomb. Herr Fallwiz, denken Sie nicht, daß diese Mägdgen ganz unschickliche Personen sind, um von Partheyen zu reden?

Wißf. Das ist gar nicht außer der Natur: ich habe zugehört, daß Männer dergleichen Sachen geschlichtet haben, die doch nicht ein Haar mehr Verstand, als diese Mädchen hatten.

(Sie gehen ab.)

Dritte Handlung.

Erster Auftritt.

Fallwitz, Bombaſt, und Hohnſchnauber.

Fallwitz. Pfuy! Pfuy! machen Sie noch Entſchuldigungen!

Hohnſchn. Bedenken Sie, ich bin mir ſelbſt feind —

Fallw. Ich bedenke, daß Sie Ihre Zeit hier eben ſo gut, als anderswo hätten zubringen können.

Hohnſchn. Ich werde doch nicht viel verlieren, wie ich hoffe —

Fallw. Es iſt alles vorbei: alles vorbei! Sie hätten eben ſo gut ganz wegbleiben können: der fünfte Act fängt an, und die Intrike iſt ſchon zu Ende.

Hohnſchn. Schließt ſich denn die Intrike, eh der fünfte Act anfängt?

Fallw. Nein, nein, nein: ſie iſt eben noch nicht ganz zu Ende — aber wir ſind doch ſchon ſo weit darinnen fortgeſchritten, daß Sie von dem übrigen unmöglich was verſtehen oder begreifen können.

Bomb. Sie haben eine zu schlechte Meinung von der Fähigkeit des Herrn Hohnschnaubers: ich wette, daß er eben so viel, wie ich davon verstehen wird, obschon ich die vier ersten Handlungen gesehen und gehört habe.

Fallw. Herr, es ist nicht meine Schuld, wenn es Ihnen an Verstand oder Fassungskraft gebricht: können Sie einen Fingerzeig nicht wahrnehmen, so kann ich nicht helfen. Wollen Sie in jedem Acte eine Katastrophe haben, Herr? Hölle und Teufel, habe ich Ihnen nicht versprochen, daß Sie in kurzem Alles zu wissen bekommen? — aber Sie sind so ungeduldig —

Bomb. Ich dächte doch, daß Sie sich über meinen Mangel an Geduld eben nicht zu beschweren hätten — Herr Hohnschnauber, seyn Sie ruhig, es dauert nur noch einen kurzen Act, eh' mein Trauerspiel anfängt: das wird Ihnen alles wieder ersetzen, was Sie hier leiden müssen. Herr Fallwiz, fangen Sie doch an.

Fallw. So gleich! Einhelfer, sind die Mitglieder in ihren Sänften?

Einhelfer. Ja.

Fallw. Nun so laßt sie über die Bühne tragen. Aber wart, wart, wart: wo ist die Frau, die die Blumen streut? (Die Mitglieder werden über die Bühne getragen.) Schrey, Pöbel, schrey, Holla! Holla! — daß Dich der Teufel hol, Einhelfer, du mußt mehr Pöbel herbeischaffen, und Holla! Holla! zurufen, oder diese Herren werden nie glauben, daß sie die meisten Stimmen haben.

Einhelf. Herr, es ist mir unmöglich, mehr Pöbel herbeizuschaffen: die andern sind alle nach St. James Park gelaufen, das Marionettenspiel zu sehn.

Hohnschn. Um Verzeihung, Herr Fallwiz, wer sind denn diese Herren da in den Sänften?

Fallw. Ey zum Teufel! warum sind Sie so lange weggeblieben? wären Sie hier gewesen und hätten die ersten vier Acte mit angesehn, so brauchten Sie gewiß nicht darnach zu fragen.

Bomb. Lieber Herr Hohnschnauber, fragen Sie doch nicht weiter, sonst kriegen wir heute gar kein Trauerspiel, wenn Sie sich jede Ungereimtheit wollen erklären lassen.

Fallw. Herr Stadtdirector und Frau Stadtdirectorin — geschwind herein.

Der Stadtdirector und die Stadtdirectorin.

Stadtd. So, jezt hast Du Dich nach deinem eignen Wunsche in's Verderben gestürzt; Du zwangest mich wider mein Gewissen und mein Interesse zu votiren, und ich habe beide Partheyen verloren.

Frau St. Wie hast Du beide Partheyen verloren?

Stadtd. Mylord ist leer ausgegangen, und wird sich nie erinnern, daß ich für ihn votirt habe; Sir Heinrich, den die Wahl trift, wird mir nie vergeben, daß ich wider ihn votirt habe: was für eine Parthey auch jezt die Oberhand behalten mag, ich armer Teufel, bekomme doch keine Bedienung vor der nächsten Wahl.

Frau St. So bist Du selbst daran Schuld; denn Du hast es jezt in Deiner Gewalt dem Lord mehr als jemals zu dienen. Geh, stelle den Lord und den Obersten, als pflichtmäßig und gehörig erwählt, zum Zweitenmale vor: ich stehe Dir für den Ausgang; Du treibst gewiß seine Sache noch durch.

Stadtd. Mein Schatz! sie von neuem wieder vorstellen! Weißt Du's denn nicht: die andre Parthey hatte über sechzig Stimmen mehr.

Frau St. Ich scheere mich den Teufel um funfzig oder siebenzig Stimmen mehr: und wenn eine Mehrheit von so vielen Hunderten da gewesen wäre, man würde Dich doch nie zur Rede stellen, und Rechenschaft von Dir fordern, warum Du ihn zum Zweitenmal vorgestellt hätteſt: wenn's geſchehen iſt, ſo haſt Du alles gethan, was in Deinem Vermögen war. Wie kannſt Du glauben, daß Vornehme etwas für Dich thun ſollten, wenn Du in irgend einer Sache Bedenken trägſt, etwas für Sie zu thun?

Stadtd. Mein Gewiſſen, mein Gewiſſen ſtockt — finde Anſtand bei dieſer Sache — ſtarken Anſtand — doch bei der andern Parthey kann ich nie etwas gewinnen.

Frau St. Wahr, wahr! das muß Dein Gewiſſen befriedigen: das iſt der einzige Weg zu etwas zu gelangen.

Stadtd. Wahrlich, wahrlich, es befriediget mein Gewiſſen.

Hohnſchn. Meiner Meinung nach, Herr Fallwiz, wäre Intereſſe hier ein beſſeres Wort, als Gewiſſen.

Fallw. Intereſſe und Gewiſſen ſind gleichbedeutende Worte, nur daß Gewiſſen höflicher iſt, und am meiſten bei Hofe gebraucht wird.

Frau St. Außerdem wird das unſrer Stadt einen erſprieslichen Dienſt thun: denn die meiſten Einwohner müſſen auf Koſten der Kandidaten nach London geführt werden: und, ſo wahr ich lebe, es iſt kein einziger, er votire auf welche Seite er wolle; der nicht herzlich wünsche, den Kandidaten so viel Kosten zu machen, als möglich ist.

(Der Stadtdirector geht ab.)

Jungfer Stadtdirectorin weinend.

Jungf. St. O, Mama: ich möchte mich zu tod weinen, daß die Hofparthey den Kürzeren gezogen hat: denn sollte die andre Parthey das Uebergewicht im Hause der Gemeinen haben, leider! da werden wir nie nach London kommen.

Frau St. Wische deine Thränen ab, mein Kind, alles wird noch gut gehen; Dein Vater soll den Lord und den Obersten aufs Neue wieder vorstellen, wir werden eine streitige Wahl haben und nach London gehen.

Jungf. St. Werden wir also nach London gehen? — Jzt bin ich beruhiget; hätte ich hier bleiben müssen, wahrhaftig, mein Herz wäre gebrochen aus Liebe zu meinem Vaterlande. — Nun, weil mein Vater sie aufs Neue wieder vorstellt, so wird doch droben die Gerechtigkeit siegen, wo die Leute Rechts und Links von einander unterscheiden können, und wissen, was Recht und Unrecht ist; gehe es immer, wie es wolle, mein Trost bleibt, wir gehen nach London.

Frau St. Du hast doch wohl überlegt, mein Kind, was Mylord Dir gesagt hat?

Du wirst doch keinen Anstand finden, Maitresse zu werden: vielleicht hast Du es einst in Deiner Gewalt Deiner Familie zu dienen, und das wäre eine sehr große Sünde, wenn Du für Deine Familie nicht alles thätest, was Du immer kannst.

Jungf. St. Mir träumt von nichts mehr, als Kutschen und Pferden, Bällen und Gastereyen, Puppenspiel und Masqueraden, seitdem die großen Herren hier sind.

Bomb. Es träumt ihr! Herr Fallwiz, ich meynte, daß die Zeit Ihres Lustspiels auf einen Tag eingeschränkt wäre.

Fallw. Nein, Herr, das ist sie nicht; aber gesetzt, Sie wäre es, könnte denn das Mädchen nicht ein Nachmittagsschläfgen gemacht haben?

Hohnschn. Ja, oder wachend geträumt haben, wie viele thun.

Lord Plaz und Oberster Goldberg kommen.

Lord P. Madame, ich komme, um Abschied von Ihnen zu nehmen: ich erkenne die vielen Verbindlichkeiten, die ich Ihnen schuldig bin, und werde mich Ihrer bis auf die nächste Wahl erinnern, da ich denn wieder die Ehre haben werde, Ihnen meine Aufwartung zu machen: und ich zweifle gar nicht, daß wir alsdann durchdringen werden, obschon diesmal unsre Mühe vergeblich gewesen ist.

Frau St. Nein, nein, nein, Mylord, so weit sind Sie noch nicht verloren; ich habe meinen Mann überredet, Sie und den Obersten noch einmal vorzustellen.

Lord P. Uns wieder vorzustellen, Madame?

Frau St. Ja, Mylord: und zwar, als gehörig und rechtmäßig erwählt: und wenn das geschehen ist; so ist es Ihr eigner Fehler, wenn Sie es nicht beweisen.

Lord P. Madame, diese Neuigkeit entzückt meine Lebensgeister so sehr, daß ich üble Folgen befürchte, wenn Sie mir nicht gleich ein Glas Brandtwein geben.

Frau St. Belieben Ew. Herrlichkeit mit mir in mein Kabinet zu kommen, so will ich Ihnen damit dienen. (gehen ab.)

Fallw. Wie gefällt Ihnen das Glas Brandtwein, Herr?

Hohnschn. O, ganz vortreflich!

Bomb. Ich kann das nicht sagen, ich müste es denn auch kosten.

Fallw. Herr, das Glas Brandtwein kam mir zu Hülfe, sonst wäre mein Stück hier zu Ende gewesen.

Bomb. Hol der Teufel den Brandtwein!

Fallw. Izt, Herr Bombast, wird die Intrike, die bisher nur durch Winke fortgeführt worden ist, und sich, wie der jugendliche Frühling, den Zuschauern nur durch unmerkbar kleine Stuffen eröfnet hat, sich auf einmal, wie eine reife Matrone in ihrem völligen Sommerflor sehen lassen; und ohne Zweifel durch ihren anziehenden Reiz, wie ein Magnet, die Bewunderung aller an sich reissen: einen Beyfall erwecken, laut wie der Donner, bis das ganze Gebäude vom allgemeinen Sturm erschüttert wird. Izt bitte ich um alles in der Welt, daß Sie während dieser ganzen Scene das tiefste Stillschweigen beobachten. Oberster, bleiben Sie auf dieser Seite der Bühne stehen, und Sie Jungfer gegen über an der andern Seite — So, jezt seht Euch einander an.

(Hier erfolgt ein langes Stillschweigen.)

Bomb. Wird denn gar Niemand mehr reden, Herr Fallwitz.

Fallw. Hölle und Teufel! Herr, Sie haben die Scene unterbrochen; troz aller meiner Vorsicht und Warnung, haben Sie mir die beste Scene des Stillschweigens zerstöhrt, die je von einem Menschen geschrieben worden ist. Izt können Sie reden, izt können Sie reden, so geschwind Sie wollen.

Oberster. Mamsell, die Armee ist Jhnen für Ihren Eifer sehr verbunden: meine Person macht es auf ewig zu ihrem Sclaven: ich kann auch nie denken glücklich zu werden, bis Sie einwilligen, mich zu heyrathen.

Jungf. St. Ha! können Sie denn so grosmüthig seyn und mir vergeben, daß ich Sie so übel behandelt habe?

Bomb. Was für üble Behandlungen, Herr Fallwiz, denn, wenn ich mich nicht irre, so ist dieses das erstemal, daß diese beiden Liebhaber miteinander reden.

Fallw. Was für üble Behandlungen, Herr? sehr viele, sehr viele, Herr.

Bomb. Wann? wo, Herr?

Fallw. Hinter den Scenen, Herr. Wollen Sie denn, daß alles auf die Bühne gebracht werden soll? Ich will unsre Bühne zu der Würde der französischen erheben und habe Horazens Anweisung auf meiner Seite: in unsern Komödien werden viele Dinge gethan und gesagt, die man besser hinter der Scene hätte geschehen lassen können. Die Franzosen, wie Sie wissen, verbannen alle Grausamkeit von ihrer Bühne, und ich sehe gar nicht ein, warum wir auf die unsrige ein Mädchen bringen sollten, die alle Arten von Grausamkeit an ihrem Liebhaber ausübt: ja wir thun es nicht allein wirklich, sondern wir muntern auch noch dazu auf; wenn ich wollte, so könnte ich Ihnen einige Komödien nennen, wo während vier Acten ein Frauenzimmer auf der Bühne erscheint, die einem würdigen Mann so begegnet, daß sie den Galgen dafür verdient hätte; im fünften erhält sie ihn noch, als eine Belohnung zum Manne; ich weis, daß dies den Geschmack einiger Personen beleidiget, und ich möchte gerne allen gefallen, und überlasse also jeder Dame völlige Freyheit zu denken, wie sich die meinige wohl hinter der Scene gegen den Obersten aufgeführt haben mag.

Hohnschn. Wohl gegeben, mein kleiner Fallwiz; geben Sie uns nur die Scene.

Fallw. Fahren Sie fort, Jungfer, wenn's gefällig ist.

Jungf. St. Es hat mich gewiß genug gekostet, Ihre Beständigkeit auf so viele Proben zu stellen: vielleicht bin ich auch in den unschuldigen Freiheiten zu weit gegangen, die ich mir dann und wann mit Ihnen genommen, indem ich Sie mißhandelt, gequält, belogen, betrogen, und coquettirt habe; wenn Sie also so gut sind, und mir alles dieses vergeben, so verspreche ich getreu und ohne Falsch, Ihnen alles wieder zu ersetzen, so weit es in meiner Macht ist, eine recht gute Frau zu werden.

Fallw. Dies einzige Versprechen, mein Herr, ist mehr, als alles was die Autoren, meine Mitbrüder, je in den Mund ihrer schönsten Damen gelegt haben: bei Ihnen bleibt der Held der Komödie immer in schlechteren Umständen, als der Schurke in einer Tragödie: ich möchte oft lieber mit dem letzten gehangen, als mit dem ersten verheyrathet werden.

Hohnschn. Meiner Treue! ohne allen Scherz, Fallwiz, Du hast Recht.

Bomb. Fahren Sie fort, lieber Herr, fahren Sie doch fort.

Oberster. Können Sie so großmüthig seyn, so groß und so edel denken? O! überladen Sie mein Herz nicht mit Verbindlichkeiten, es versinkt unter deren Bürde. O! hätte ich hundert tausend Jare zu leben, sie wären nicht hinreichend, Ihnen die Gütigkeit dieser letzten Worte zu bezahlen. O! mein Paradies.

Ewiger Honig tröpfelt von Deiner Zunge,
Und als Du sprachst, da hört' ich Farionelli
singen.

Fallw. Oeffnen Sie Ihre Arme, Jungfer Stadtdirectorin: erinnern Sie sich doch, daß Sie izt keine Gefallsüchtige mehr sind. Wie schön das läßt! Nicht wahr, Herr Fallwiz? (er äffet sie nach.) Izt eine brünstige

Umarmung; noch eine, noch eine, so, so, rech gut, brav, vortreflich. Sie müssen das noch hinter der Scene practiziren.

(Oberster und Jungfer St. gehen ab.)

Hohnschn. Gehen Sie izt um zu practiziren, Herr Fallwiz?

Fallw. Sie sind ein Spaßvogel, Herr Hohnschnauber, ein rechter Spaßvogel.

Lord Plaz, der Stadtdirector und seine Frau.

Lord. P. Herzlichen Dank, Herr Stadtdirector, für diese zwote Vorstellung: ich will es bei jeder Gelegenheit vergelten. *)

Fallw. Izt kommen der Oberst und die Jungfer Stadtdirectorin als Mann und Frau.

Hohnschn. Die haben ihre Sachen sehr geschwinde gemacht, Herr Fallwiz.

Fallw. Ja, Herr, der Pfaf versteht sein Handwerk; er hat es viele Jare im Schuldthurm getrieben.

Oberst und Jungfer St. kniend.

Oberst } Herr Vater, Frau Mutter,
Jgfr.St. } wir bitten um Ihren Segen.

Stadtd. }
Fr. St. } Ha!

---

*) Hier müssen etliche Zeilen eines unübersetzlichen Wortspiels halber wegbleiben. A. d. W.

Oberſt. Herr Vater, Frau Mutter, Ihre Tochter hat mich zu dem glücklichſten Manne gemacht.

Frau St. Herr Oberſt, Sie wuſten ja, daß Sie meine freye Einwilligung haben konnten: warum haben Sie es denn ohne dieſelbe thun wollen? Doch, ich gebe Euch beiden meinen Seegen.

Stadtv. Und ich auch.

Lord P. Nun ſo ruft meine Mitkandidaten herein, wir wollen dieſen Abend mit Schmaus und Fröhlichkeit zubringen.

Bomb. Was macht denn, daß dieſe zwo Partheyen ſo plözlich Freunde geworden ſind.

Fallw. Die Heyrath, mein Herr, die Heyrath, die gewöhnlich am Ende einer Komödie alles wieder vereinigt und in's Gleiß bringt.

Lord P. Nun, Oberſter, Sie fangen die Reiſe des Lebens an, und ich wünſche, daß ſie glücklich ſeyn möge. (Alle gehen ab, ausgenommen Bombaſt, Fallwiz und Hohnſchnäuber.)

Fallw. Hier endiget ſich mein Stück.

Hohnſchn. Herr Fallwiz, ſagen Sie mir doch, wie das Vorhergehende dieſe Heyrath zuwege gebracht hat?

Fallw.

Witzf. Glauben Sie denn, daß der Oberst dies Mädchen würde bekommen haben, wenn ihm die Wahl keine Aussichten verschaft hätte?

Hohnschn. Recht, recht, izt verstehe ich es. Wo bleibt denn Ihr Epilog?

Witzf. Ich kann Ihnen wirklich nicht sagen, wie ich es mit dem Epilog anfangen werde.

Hohnschn. Was! haben Sie keinen geschrieben?

Witzf. Ja, ich habe einen geschrieben, aber —

Hohnschn. Aber was?

Witzf. Aber Niemand will ihn sagen. Es ist so verdammt schwer, es denen Schauspielerinnen recht zu machen. Erst wollten sie ihn nicht spielen, weil nicht Zweydeutigkeiten genug darinnen waren; ich gieng hierauf zum Herrn Watt und lieh von ihm alle seine Schauspiele, gieng zu Hause, durchlas alle Epilogen, und pfropfte die meinige so voll Zweydeutigkeiten, als nur möglich war; — und izt — sagen sie, seyn zu viele darinn. Ich glaube, daß man eine Waage nehmen muß, um die gehörige Menge —

Bomb. Wohlan, Herr Witzfalle, räumen Sie die Bühne, wenn's gefällig ist.

Witzf. Von Herzen gerne: ich bin so schon über meine Zeit hier geblieben: ich soll mein Stück heut noch in sechs verschiedenen Gesellschaften von vornehmen Leuten vorlesen.

Bomb. Sie werden doch bleiben, und die Probe von der Tragödie anhören, wie ich hoffe.

Witzf. Es ist mein Unglück, daß ich nicht kann: ich weis, ich versage mir selber ein großes Vergnügen, allein ich kann unmöglich bleiben — (für sich) solches verdammtes Zeug anzuhören, als das gewiß seyn wird.

Hohnschn. Nein, lieber Herr Witzfalle, Sie sollen nicht weggehen. Bedenken Sie doch, daß Ihr Rath dem Herrn Bombast dienlich seyn kann: zudem hat er ja die Probe von Ihrem Stücke auch angehört.

Bomb. Ja, das hab ich — (für sich) und Mühe genug gehabt, mich vom Schlaf abzuhalten.

Witzf. Nun, Sie wissen, daß ich Ihnen nichts abschlagen kann — (für sich) obschon ich gewiß beim ersten Act einschlafen werde.

Hohnschn. Wenn Sie mir wollen wissen lassen, wer Ihre vornehmen Leute sind, so will ich mich bemühen Sie zu entschuldigen.

Witzf. Nein, nein, hol' mich der Teufel, wenn ich Ihnen das sage; ha, ha, ha! Ich kenne Sie zu gut — aber itzt Herr Bombast, sagen Sie mir doch, wie Ihnen mein Stück gefällt? Glauben Sie, daß es gefallen wird?

Bomb. Nach meiner Meynung, ja.

Witzf. Geben Sie mir eine Karoline, so gebe ich Ihnen bei jeder Vorstellung eine Krone, so lange es dauert.

Bomb. Das hieße wieder sich selbst wetten, Herr Witzfalle. — Ehe die Probe anfängt, meine Herren, muß ich Sie um Ihre Meynung von meiner Zueignungsschrift bitten: Sie wissen, daß eine Zueignungsschrift überhaupt ein Wechsel ist, der für den darinn enthaltenen Werth gezogen wird: dieser Werth besteht aus einer Menge ekelhafter, abgeschmakter Komplimente, die ich von Herzen verachte und verabscheue; denn ich fühle einen Haß wider alle Schmeicheley, habe sie also sehr sorgfältig vermieden.

Hohnschn. Nun, eine Zueignungsschrift ohne Schmeicheley möchte ich wohl einmal sehen.

Bomb. Das sollen Sie, mein Herr. Lieber Herr Witzfalle, lesen Sie sie, ich lese gar nicht gerne meine eignen Werke.

Witzf. (liest.) "Mylord, zu einer Zeit, "da Unsinn, Dummheit, Lüderlichkeit, und "alle Arten von Entweihungen und Ungezo= "genheiten täglich auf die Bühne gebracht "werden, habe ich meine Bescheidenheit dahin "gebracht, Ew. Herrlichkeit gnädigem Schutz

„ein Stück anzubieten, welches, wenn es
„gleich kein Verdienst zu seiner Empfeh=
„lung hat, doch wenigstens nicht so schlecht
„ist, mir Ihre Ungnade zuzuziehen. Hieran
„zweifle ich gar nicht, wenn Ew. Herrlichkeit nur
„geruhen wollen, zur Zeit, da die ganze Welt
„dumm ist, eine einzige Ausnahme zu machen.

„Ich kann in der That nicht umhin, mir
„etwas Verdienst, wegen des großen Bey=
„falls zuzurechnen, womit dies Stück so allge=
„mein beehrt worden ist."

Bomb. Dies letzte wird ausgelassen,
wenn es wider Vermuthen anders ausfallen
sollte: deswegen lasse ich auch meine Zueig=
nungsschrift nicht vor der Aufführung drucken.

Witzf. (ließt) „Hier hätte ich freylich eine
„schöne Gelegenheit den Karakter Ew. Herr=
„lichkeit zu schildern; allein da ich auch den
„geringsten Anschein einer Schmeicheley ver=
„abscheue, und gewiß versichert bin, daß Ew.
„Herrlichkeit der einzige Mann in der ganzen
„Nazion sind, der nicht gerne seine Lobser=
„hebungen hört, so schweige ich — nur die=
„ses einzige erlauben Sie mir zu sagen, daß
„Sie allein mehr Vernunft, Witz, Gelehr=
„samkeit, Ehre und Menschenliebe besitzen,
„als alle des übrigen Menschengeschlechts zu=
„sammen genommen: daß Ihre Person alles,
„was schönes in der Welt ist, in sich enthält:

"Ihre Gesichtsbildung ist im höchsten Grade
"anmuthig, Ihr Blick alles, was man maje-
"stätisch nennen kann, und ihre Seele ein
"Magazin, wo jede Tugend und jede Voll-
"kommenheit aufbewahrt wird: von Ihrer
"Freygebigkeit darf ich nichts sagen, denn
"sie ist so groß, so herrlich, so allgemein
"wohlthätig, daß Sie, wie die Sonne alle
"Ihre andere Tugenden verfinstert und zu
"Sternen macht. Ich könnte mehr sagen —

Hohnschn. Ich nicht, bei meiner armen Seele!

Witzf. (ließt) "Allein, ich will mir Ge-
"walt anthun, und mit der Versicherung
"schließen, daß ich bin, Mylord, Ew. Herr-
"lichkeit, gehorsamster gewidmetster, verbun-
"denster und demüthigster Diener."

Bomb. Da sehen Sie, meine Herren, kurz, gedrungen, nicht überladen, nicht ekelhaft.

Hohnschn. Wahr, mein Herr, sehr wahr, weniger hätten Sie nicht sagen können.

Bomb. Nein, hätte ich weniger gesagt, so wäre es Grobheit gewesen, wenn ich bedenke, an was für einen großen Herrn sie gerichtet ist.

Hohnschn. Zeigen Sie uns doch auch die Ihrige, Herr Witzfalle.

Witzf. Ich habe keine, mein Herr.

Bomb. Wie! keine Zueignungsschrift!

Witzf. Nein, ich habe so viele meiner Schauspiele großen Herren zugeeignet, und nichts dafür erhalten, daß ich dem Dinge nicht mehr traue: wenn man mich nicht vor der Hand dafür bezahlt, so lasse ich keine Schmeicheley mehr aus meinem Laden verabfolgen.

Bomb. Herr, die Schmeicheley ist so wohlfeil und jeder Vornehme hält sich so viele Schmeichler und Speichellecker, daß unser Gewerb ganz verdorben ist: werde ich nicht für diese Zueignungsschrift bezahlt, so soll die nächste, die ich schreibe, eine Satyrische seyn: will man mich nicht bezahlen, weil ich meinen Mund aufthue, so sollen sie mich bezahlen, damit ich ihn schließe. Nun, meine Herren, Sie sind so gütig gewesen und haben meine Zueignung mit Ihrem Beyfall beehrt, jezt will ich es auch wagen und Ihnen meinen Prolog zeigen. (Zu einem Schauspieler) Seyn sie so gütig, mein Herr, und spielen Sie diesen Prolog, wenn Sie ihn einstudiert haben.

Schausp. So gut, wie ich kann, mein Herr.

Bomb. Einer meiner Freunde hat diesen Prolog verfertiget.

Der Prologue.

Hat des Todes scharfe Sichel den Helden weggemähet, so erwecket ihn die Muse wieder für den Nachruhm. Sie sagt dem stolzen Schicksal "deine Pfeile sind ohne Wirkung." sie gebietet dem Helden zu leben, und wieder daherzustrotzen. Doch, sie stellt nicht nur den Hingeschiedenen wieder her, sie schaft, was nie zuvor erschaffen war. Sie durchwühlt das Reich der Einbildung, und schaft was nie im Gehirn des Schicksals war.

Aus diesem Reiche bringt sie, um Euch heute Abend zu unterhalten, eingebildete Könige und Königinnen: befiehlt der gesunden Vernunft persönlich aufzutreten, und dem Harlekin in tragischer Wuth zu lärmen. Brittannier, merkt auf! zeigt anständige Ehrfurcht der Göttinn, die athenienstische Busen belebte, die von unbezwungenen Römern verehrt, und hier, in Schakspear's Zeiten angebetet wurde. Kann alles dieses der Göttin keinen Beifall erwecken, nun so laß ein Wunder Eure Herzen rühren und O! liebt sie, wie ihre Schwester Ungeheuer dieses Zeitalters.

Hohnschn. Da hat Ihr Freund in Wahrheit einen sehr schönen Prolog gemacht.

Bomb. Glauben Sie das? — Nun so will ich so offenherzig seyn und Sie versichern, daß dieser Freund kein andrer ist, als ich selbst. — Izt zum Trauerspiel. Meine Herren, ich muß bitten, daß Sie alle die Bühne räumen, denn ich habe einige Scenen, für die mir die Bühne wirklich viel zu klein ist.

(Der 2te Schauspieler kömmt und flispert Witzfallen ins Ohr.)

2ter Sch. Es ist eine Frau draußen, die mit Ihnen zu sprechen verlangt.

Witzf. Hat sie eine Sänfte?

2ter Sch. Nein, sie hat eine Nebelkappe und bringt Ihnen ein sauberes Hemd.

Witzf. Ich komme gleich — Herr Bombast, Sie werden mich einige Augenblicke entschuldigen. Eine vornehme Dame schickt und läßt etliche Logen bestellen. (Geht mit dem 2ten Schauspieler ab.)

Einhelf. (zum Bombast) Die gesunde Vernunft möchte gerne mit Ihnen im grünen Zimmer sprechen.

Bomb. Sogleich.

Hohnschn. (für sich) Das ist deine Pflicht, denn es ist der erste Bote den sie Dir schickt.

(Sie gehen alle ab.)
(Es kömmt eine Tänzerinn.)

Tänz. Herr Einhelfer, ich will als erste Göttinn tanzen: ich tanze nicht unter Jungfer Mirwot; ich lasse doch den Zuschauer mehr sehen, als irgend eine Tänzerinn auf dieser Bühne.

Einhelf. Das geht mich nichts an.

Tänz. Ich weis nicht, wen es angehen mag, allein ich denke doch, daß das Publicum die Verdienste einer Tänzerinn beurtheilen sollte: das Publicum ist auf meiner Seite, und wenn man mich nicht besser behandelt, so gehe ich nach Frankreich: denn wir haben itzt alle ihre Tänzerinnen hier, vielleicht sind sie auch froh, wenn sie einige von den unsrigen bekommen. (Man hört einen Lärm draussen.)

Einhelf. He! zum Henker! was giebts da?
(Ein Schauspieler.)

Schausp. Der Autor und die gesunde Vernunft zanken miteinander im grünen Zimmer.

Einhelf. Nun, das verdient eh' gesehen zu werden, als dies Trauerspiel. (Geht ab.)

Tänz. Hol der Teufel dies und alle andre Spiele; die Tänzer sind doch die einzigen, die diese Schaubühne aufrecht halten. Wären wir nicht, sie müßten ihren Schakspear leeren Bänken vorspielen.

Vierte Handlung.

Erster Auftritt.

Bombast und Hohnschnauber.

Bomb. Dergleichen Kleinigkeiten, Herr Hohnschnauber ereignen sich oft. Ein Dichter hat unendlich viel zu leiden, eh' er bis zur dritten Vorstellung gelangt: zuerst von den Musen: das sind launigte Dinger, die aufgewartet haben wollen: denn wenn es ihnen in den Kopf kommt davon zu laufen, so pumpt man sein Gehirn umsonst; weiter von dem Direktor des Schauspielhauses, um es aufführen zu lassen: diesem können Sie gemeiniglich ein Vierteljahr nachlaufen, ehe Sie zu wissen kriegen, ob er's annehmen will oder nicht: nach dieser Zeit sagt er Ihnen vielleicht, daß er's nicht brauchen kann, giebt Ihnen das Stück wieder, behält inzwischen den Stoff und den Titel, und macht bei erster Gelegenheit eine Pantomime daraus. Nimmt er es an: so müssen Sie dafür sorgen, daß alle Rollen ins reine geschrieben und die Proben vom Stück gehalten werden. Endlich kömmt es zur Hauptprobe: jetzt giebts weit unruhigere Auftritte mit den Schauspielern: einigen gefällt, ihre Rolle nicht, alle aber plagen Sie ohne Aufhören mit Abänderungen. Zulezt, nach dem Sie durch alle diese Schwürigkeiten durchgewandert sind, kommt das Stück auf die Bühne: da zischt der eine aus Groll gegen den Verfasser: ein andrer, weil er ein Feind dieser Schaubühne ist: ein dritter weil ihm der Schauspieler mißfällt; ein vierter aus Mißvergnügen über das Stück selbst: ein fünfter um des Spaſſes willen: und ein sechſter um allen Gesellschaft zu leisten. So stehts mit dem Verfaſſer: seine Feinde mißhandeln ihn, seine Freunde verlaſſen ihn, das Stück wird verdammt und der Autor fährt zum Teufel: so endiget sich die Farze.

Hohnschn. Sagen Sie lieber die Tragödie, Herr Bombaſt. Aber wo ist Witzfall geblieben?

Bomb. Vermuthlich davon gelauffen; ich wuſte, daß er nicht da bleiben würde: Sein eignes Werk hindert ihn, eines andern seines anzuhören. Nun, Einhelfer, wird die Tragödie nie anfangen.

(Der Einhelfer kömmt.)

Einhelf. Ja, Herr, sie sind alle bereit. Zieht den Vorhang auf.

Feuerbrand, Rechtsgelehrtheit und Arzneykunſt.

Hohnschn. Um Verzeihung, Herr Bombaſt, was stellen diese Personen vor?

Bomb. Der in der Mitte ist Feuerbrand, Priester der Sonne; der zur Rechten stellt die Rechtsgelehrtheit vor, und der zur Linken, die Arzneykunst.

Feuerbr. Ihr günstigen Sterne, wendet diese Vorbedeutungen ab!

Bomb. Was für Vorbedeutungen! wo, zum Teufel! bleibt der Donner und der Blitz?

Einhelf. He! warum laßt Ihr den Donner nicht rollen, und blast euren Harz nicht durchs Licht? (Donner und Blitz.)

Bomb. Itzt fangen Sie an, wenn's beliebt — Einhelfer, man muß eine größere Donnerkugel anschaffen, und für zwey Pfennig mehr Blitz, wenn die Vorstellung ist. — Jezt, wenn's gefällig ist.

Feuerbr. Ihr günstigen Sterne, wendet diese Vorbedeutungen ab! O Rechtsgelehrtheit! O Arzneykunst! Als ich gestern Abend spät den heiligen Weyhrauch im Tempel opferte, ward der Tempel erschüttert: seltsame Wunderzeichen erschienen. Eine Kaze in Stiefeln tanzte einen Rigodon, während ein ungeheurer Hund auf der Geige spielte. Zitternd stand ich am Altar. Stimmen wurden in der Luft gehört; sie schienen zu sagen: Erwacht meine schläfrigen Töchter, und schlafet nicht länger: das muß etwas bedeuten! — *)

---

*) Anspielungen auf Stellen eines berühmten Trauerspieles.   Anm. des Uebers.

Rechtsgel. Gewiß, es muß — Wir haben auch unsre Vorbedeutungen! Jüngst stürzte eine mächtige Sündfluth so brausend in unsre Halle, als wenn sie alle Rechtsgelehrtheit wegwaschen wollte. Rechtsgelehrte wurden genöthigt, sich auf Castträgers Schultern zu setzen. Einer von ihnen, o wunderbare Vorbedeutung! purzelte herab, und er und alle seine Papiere und Documenta wurden zerzaust. Wenn ich izt meine Meynung dürft erklären, so find ich es nicht schwer die Bedeutung zu errathen.

Feuerbr. Rede kühn! ich beschwöre Dich bei den Mächten, denen ich diene. Du redest ohne Gefahr, solltest Du auch gegen die Götter reden, nur rede nicht gegen ihre Priester.

Rechtsgel. Was können denn die Mächte anders durch diese Vorbedeutungen anzeigen, als daß Sie uns aus der einschläfernden Gewalt der gesunden Vernunft erretten wollen. Was sind wir, so lange diese träge Königinn ihre Regierung behauptet.

Arzneyk. Große, erhabne Rechtsgelehrtheit! Du sprichst meine Gedanken. Denn obschon ich die Larve der Treue und der Anhänglichkeit trage, und äußerlich der Königinn Ehrfurcht erzeige, so hasse ich sie doch im Herzen; ja, beim Himmel, sie setzt meiner stolzen Ehrfurcht Gränzen! hält mich zur Erde gebückt, wenn ich auf Adlersflügeln mich emporschwingen, von der Himmelshöhe herabschauen und die Welt purgiren möchte.

Rechtsgel. Große, erhabne Arzneykunst! Du weißt, daß ich von undenklichen Zeiten durch Herkommen das Vorrecht hatte, meine Edicte in unbekannten Sprachen, oder vielmehr in gar keiner durch die Welt zu schicken, als diese stolze Königinn, die gesunde Vernunft, meine Macht schwächte, und machte, daß mich alle Menschen verstehen konnten.

Arzneyk. Das Gerüchte geht bei Hofe, daß du von einem Geschlechte entsprossen seyst, das mit der Königinn verwandt ist. Der Verstand, sagt man, sey der mächtige Stifter deines Hauses.

Rechtsgel. Vielleicht ist es so — Allein wir haben uns selbst so hoch empor erhoben und diesen Stifter so weit von uns abgeschüttelt, kaum würdigen wir uns noch unsern Ursprung zu bekennen.

Feuerbr. Große, Erhabene, ich habe Euch beiden mit vollkommnem Beyfall zugehört. Ich kenne Euch. Ihr seyd von edlem Muth und Geist beseelt, geschickt zu glorreichen Unternehmungen; ich will mich entdecken: Wisset, unter dieser Larve, die ich trage, um den Pöbel zu blenden, bin ich ein Feind der gesunden Vernunft; doch nicht aus irrdischen, ehrgeizigen Absichten, sondern um den Gottesdienst der Sonne zu erweitern. Ihren Priestern einen gerechten Grad der Gewalt, und die Hälfte der Einkünfte des Landes mitzutheilen; O! meine Große, meine Erhabene! steht mir bei, so kann es trotz der gesunden Vernunft geschehen.

Rechtsgel. Sage, wie!

Feuerbr. Hier, lies dieses Verzeichniß: du findest da gewisse Namen von Personen, die die sichersten Freunde von der gesunden Vernunft sind. Diese müssen wir sorgfältig als die größten Feinde der Götter und der gesunden Vernunft abschildern. Doch, stille, die Königinn kömmt.

Die Königinn mit zwo Hofdamen.

Bomb. Was! nur zwo Hofdamen!

Einhelf. Herr, ein Jude ist mit der dritten durchgegangen: bei der Vorstellung werde ich schon mehrere schaffen.

König. Erhabene Rechtsgelehrtheit: ich habe Dich rufen lassen: mir ist eine seltsame Bittschrift überreicht worden. Zwey Personen hatten kürzlich einen Proceß über ein Gut, den sie beide verloren haben, und ihre Anwalde theilen izt das Gut unter sich.

Rechtsgel. Gnädigste Frau! dergleichen Dinge sind bei den Rechten nicht ungewöhnlich.

König. So! dann wäre es besser, daß wir keine hätten. Doch ich habe auch einen süßen Vogel singen hören, daß Leute, die unfähig waren ihre Schulden gleich zu bezahlen, nach kurzem Mahnen angegriffen worden sind, und mit dem besten Willen und Vermögen zu bezahlen, ihre übrige Lebenszeit auf ihre Kosten im Kerker zugebracht haben.

Rechtsgel. Das ist vielleicht der Fall irgend eines Elenden, der zu niedrig ist, um seine Klagen vor Dein Ohr zu bringen.

König. So lange ich Königinn bin, ist keiner zu niedrig oder zu arm, um nicht Schutz und Hülfe zu erlangen. Weiter bin ich berichtet, daß deine Rechte so sehr angewachsen sind, und noch täglich so zunehmen, daß das hohe Alter des alten Methusalems kaum hinreichen würde, alle Deine Statuten zu lesen.

Feuerbr. Eine weit wichtigere Angelegenheit verdient Deine königliche Vorsorge: seltsame Vorbedeutungen sind erschienen, Gesichter sind gesehen und Stimmen sind gehört worden; die Götter sind ergrimmt, und müssen besänftiget werden: ich weiß keinen leichteren Weg, als daß man zuerst ihre Priester besänftige, die nach Gewalt seufzen, und nach Ehre schreyen.

König. Die Götter haben Ursache zu zürnen: es soll ihnen Opfer gebracht werden: willst Du aber diese Opfer willkommen machen;

chen; Priester, sey sanftmüthig, leutselig, gütig, liebe die Menschen. Beschimpfe die Sonne nicht, die Du anbetest, indem Du Menschen an der Glückseligkeit hinderst, die Du doch selbst von ihr begehrst.

Es kömmt ein Officier.

Königinn. Was bedeutet diese Eilfertigkeit in Deinen Blicken?

Officier. Verzeih, große Königinn! wenn mein Mund um Deinetwillen Neuigkeiten verkündiget, die mein Herz verabscheut. Die Königinn Unwissenheit ist mit einer großen Macht von Sängern, Geigern, Tänzern, Luftspringern und Seiltänzern in deinem Reich gelandet.

Königinn. Laßt unser ganzes Heer sich gleich in Bereitschaft halten: wir selbst wollen uns an seine Spitze stellen. Erhabener, es ist Euer Nutzen, Euch mit uns dieser auswärtigen Macht zu widersetzen, wir erwarten, daß Ihr alle Eure Truppen mit den unsrigen vereiniget. Geh, Priester, jage alle fürchterliche Vorbedeutungen von hinnen; sie dienen nur, den Pöbel zu schrecken, die Götter aber werden gewiß auf Seiten der gesunden Vernunft seyn.

(Sie geht mit ihrem Gefolge ab.)

Feuerbrand. Die Götter kennen ihren Nutzen besser: zum wenigsten kennen ihn ihre

F

Priester für sich, und ihre Götter. O! Erhabene, die Königinn Unwissenheit, von der Ihr eben eine so scheusliche Schilderung gehört habt, ist die liebreichste, die frömmste Königinn: sie fürchtet die Götter so sehr, daß Sie alles glaubt, was ihre Priester behaupten. Bei der Sonne! der Glaube ist kein Glaube, wenn man das nicht glaubt. Ich möchte unfehlbar seyn! allein die gesunde Vernunft wird mir das nie zugestehen — ich verwerfe sie also und nehme mich der Sache der Unwissenheit an. Jzt, Erhabene, jeder auf seinen Posten — ich besteige das Rostrum; Erhabene Rechtsgelehrtheit, geh nach Deinen Höfen, und Du große Arzneykunst begieb Dich zur Königinn, fühl ihren Puls und spare keine Pulver und Pillen.

Arzneyk. O! nein guter Herr, hätte ich Zutritt zu der Königinn; wollte sie meinem Rath folgen; Du brauchtest gewiß keine fremde Macht sie zu stürzen; Ja, bei den Göttern! mit einer kleinen Pille hebe ich ihre Seele aus den Angeln und reiße sie aus dem Leibe. Allein sie hat einen tödtlichen Haß wider meine Kunst, und behauptet öffentlich am Hofe, daß Habergrützenbrühe der beste Arzt sey. Wird unser Kollegium ihr das vergeben, oder die Oberherrschaft der gesunden Vernunft erkennen; so ist mein

Wunsch, daß wir alle gezwungen werden mögen, unsre eigne Recepte einzunehmen.

Feuerb. Erhabene Arzeney, Dein Muth hat meinen Beifall. Ja, bei der Sonne! mein Herz lacht laut in mir, wenn es sieht, wie die Welt betrogen wird; wie die gesunde Vernunft durch Menschen gestürzt wird, vor denen alle bei der Nase herumgeführte Nazionen bekennen, daß sie die stärksten Stützen ihres Thrones sind.

(Feuerbr. Rechtsgel. und Arzneyk. gehen ab.)

Bomb. So endiget sich mein erster Act.

Hohnschn. Wie ich sehe, mein lieber Herr Hohnschnauber, so ist Ihre Tragoedie emblematisch: glauben Sie denn, daß die Zuschauer sie verstehen werden?

Bomb. Mein Herr, ich kann für die Zuschauer nicht stehen: doch denke ich, die Lobsprüche darinnen sind sehr deutlich, und gut angebracht.

Hohnschn. Was für Lobsprüche?

Bomb. Auf unsre Geistlichkeit, mein Herr: zum wenigsten auf die besten unter ihnen: um den Unterschied zwischen einem heidnischen und einem christlichen Priester zu zeigen: da ich nichts insbesondre berühre, sondern überhaupt rede, so wird man doch nicht von mir denken, daß ich was ungebührliches auf die Bühne bringe, denn das vermeide ich sehr sorgfältig.

Hohnschn. Allein, ist nicht Ihre Satyre über die Rechtsgelehrtheit und die Arzney ein wenig zu allgemein?

Bomb. Was hier gesagt wird, kann weder einem ehrlichen Rechtsgelehrten noch einem guten Arzt schaden: dergleichen können seyn; ja ich kenne selbst solche: giebt es aber der schlechten eine größere Anzahl, so kann ich nicht helfen: was die Advokaten und Aerzte selbst betrift, so habe ich eben nicht Ursache ihr Freund zu seyn, denn sie traten einst beide in eine Verschwörung wider mich.

Hohnschn. Wie so?

Bomb. Der Apotheker brachte mir einen langen Zettel, und der Advokat machte, daß ich ihn bezahlen muste.

Hohnschn. Ha, ha, ha! eine artige Verschwörung.

Bomb. Izt zum zweiten Act: meine Tragoedie besteht aus dreyen.

Hohnschn. Das ist wider die Regeln, wie ich meyne.

Bomb. Das kann seyn: allein ich habe sie so lange hinaus gesponnen, als ich die gesunde Vernunft, ja so lange, als ich ihren Geist beim Leben erhalten konnte. Izt fangt den zweiten Act an.

Der Vorhang wird aufgezogen, und man sieht die gesunde Vernunft schlafend.

Hohnschn. Was liegt da auf dem Ruhebettchen, Herr Bombast?

Bomb. Wissen Sie das nicht einmal! das ist die gesunde Vernunft schlafend.

Hohnschn. Ich hätte vielmehr vermuthet, daß sie an der Spitze ihrer Armee gewesen wäre.

Bomb. Wahrscheinlich vermutheten Sie das: allein Sie verstehen die besondern praktischen Regeln nicht so gut, als ich. Die erste und größte davon ist Auseinanderdehnung: das ist die Spinnkunst, ohne welche der Stof eines Stücks die Haupteigenschaft jedes andern Stofs verlieren würde, nemlich die Verlängerung, sonst kann kein Stück möglicher Weise länger, als eine halbe Stunde dauren. Wie ich sehe, Herr Hohnschnauber, so sind Sie einer von denen, die keinen Karakter auf der Bühne haben wollen, der nicht zum Hauptzweck des Stücks gehört — ich auch nicht; allein der Hauptzweck eines Schauspiels ist, wie mich deucht, zu belustigen, jeder Karakter also, der belustiget, gehört mit zum Hauptzweck des Stücks.

Hohnschn. Allein, wie können sich die Zuschauer eine wahrscheinliche Ursache für diesen Schlaf denken?

Bomb. Gut, mein Herr. Die Königinn hat über den izigen allgemeinen Frieden von Europa nachgedacht, bis sie durch langes Anstrengen der Gedanken nicht mehr fähig war, ihn völlig zu begreifen: sie ward also überwältiget, und — fiel in festen Schlaf. Wohlan, klingelt dem ersten Geist, daß er heraufsteige (Der Geist steigt herauf.) Sie kennen doch diesen Geist?

Hohnschn. Bei meiner Ehre nicht; ich kann mich seiner gar nicht erinnern.

Bomb. Das wundert mich, denn Sie müssen ihn oft gesehen haben: es ist der Geist der Tragoedie, mein Herr: er ist seit verschiedenen Jahren auf allen Bühnen von London herumgegangen. — Aber Geist! warum sind Sie nicht mit Mehl bestreut? Wo zum Teufel ist der Haarkräusler?

Der Geist. Er ist nach der Schaubühne in Drurylane gegangen, um den Sultan für die neue Komoedie zu rasiren.

Bomb. Nun Geist, fang an.

Der Geist. Aus den finstern Gegenden der unterirrdischen Reiche kommt der Geist des Trauerspiels mit Extrapost, Dir, gesunde Vernunft! tausend wichtige Dinge zu sagen. (Der Hahn krähet.)

Aber Ach! der verfluchte Hahn scheucht mich von hinnen: ich bin zu spät abgereißt, und muß also mein Geschäfte auf einander Mal verschieben.

(Der Geist fährt hinunter.)

Hohnſchn. Dies wird wohl auch ein Karakter ſeyn, der zum Beluſtigen nothwendig iſt: denn ich ſehe gar nicht, daß er was ausgerichtet hat.

Bomb. Wo iſt der zweite Geiſt?

Hohnſchn. Der Hahn hat ja ſchon gekrähet.

Bomb. Man darf ja nur ſetzen, daß ihn der zweite Geiſt nicht gehört habe. — Herr Einhelfer, gebe er hübſch Acht: Den Augenblick, wo der erſte Geiſt hinunterfährt, muß der zweite herauffahren; ſie ſind in dieſem Stücke wie zwey Zwillingsſterne.

(Der zweite Geiſt erſcheint.)

Zweit. Geiſt. Erwache, Große geſunde Vernunft, und ſchlafe nicht länger. Sey auf deiner Hut, denn damals, als ich erſchlagen ward, da traf der Streich auch dich: glaube nicht, daß Du meine Ermordung überlebeſt. Denn ſo lange Du auf Erden biſt, kann der Rechtsgelehrte den Menſchen ihre Rechte nicht rauben; der Arzt ihre Seelen nicht vom Leibe wegpurgiren: des Höflings Verſprechen wird nicht geglaubt, und bankerutirten Bürgern nicht getraut werden. Tauſend Zeitungen, in welchen gar keine neue Zeitung iſt, können nicht beſtehen. Die Schaubühnen können nicht blühen, ſo lange ſie ſich unterſtehen, dem Unsinn den Namen Unterhaltung beizulegen. Du wirst nie zugeben, daß Schakspear, Johnson, Dryden, Lee, und Rowe der Bühne zu Saddler's Wells weichen sollen. Du wirst nicht dulden, daß Männer von Geist und Witz Hungers sterben, und Narren, blos, weil sie Narren sind, im Ueberfluß leben. Du wirst nicht leiden, daß Verschnittene mit großen Summen bestochen werden, unverschämt zu seyn.

(Der dritte Geist erscheint.)

Drit. Geist. Lieber Geist, der Hahn hat gekrähet: Du kannst keine Meile tief untern Boden kommen, ehe es Tag wird.

Zweit. Geist. Gehorsamster Diener also; ich darf nicht bleiben. (Fährt ab.)

Bomb. Donner und Bliz, Donner und Bliz: vergeßt's doch nicht, wenn's aufgeführt wird.

Hohnschn. Sagen Sie mir doch, Herr Bombast, warum muß ein Geist immer im Sturm mit Donner und Bliz erscheinen: ich habe vieles von der Geisterlehre gelesen, allein ich finde nirgend, daß solche Verzierungen angebrachc worden wären.

Bomb. Das mag wohl seyn: sie sind aber doch sehr nothwendig: eigentlich sind es die Paraphernalien eines Geistes.

Hohnschn. Was war denn dies für ein Geist?

Bomb. Wer sollte es anders seyn, als der Geist der Komoedie. Ich glaubte nicht, daß ich Ihnen das mehr zu sagen brauchte, nachdem Sie wusten, daß der erste der Geist der Tragoedie gewesen war. Nun, gesunde Vernunft erwacht izt und reibt die Augen.

König. G.V. (erwachend) Wer ist da?

Eine Hofdame kömmt.

Hörtest oder sahest du nicht etwas wunderbares?

Hofd. Nein, Ihro Majestät, ich sah nichts.

König. G.V. Mir träumte, ich hörte meinen Geist.

Hofd. Ich war im nächsten Zimmer; wäre ein Geist hier gewesen, ich hätte ihn hören müssen.

Feuerbrand kömmt.

König. G.V. Priester der Sonne, Du kommst zur gelegenen Zeit. Hier giebts furchtbare Erscheinungen. Als ich hier auf meinem Ruhebettchen lag, dünkte mich, ich sähe einen Geist.

Hohnschn. Sie schläft also mit offenen Augen.

Bomb. Hm! Wollen Sie denn, daß die gesunde Vernunft anders, als im Schlaf, einen Geist sehe, he! das wollen Sie doch wohl nicht?

Feuerbr. Und wenn dergleichen Dinge weiter geduldet werden, wie Du izt ausübest, so wird in kurzem Dein Hof, ein Hof von Geistern seyn. Mache einen großen Scheiterhaufen, und verbrenne alle Ungläubigen. Die Geister lassen sich lieber aufhängen, als daß sie sich einem Feuer nähern sollten.

König.G.V. Die Menschen können sich selbst zum Glauben nicht zwingen; soll ich sie denn durch Qual und Folter dazu zwingen?

Feuerbr. Die Sonne will es so haben.

König.G.V. Wie weis ich das?

Feuerbr. Ich, ihr unfehlbarer Priester hab' es Dir gesagt.

König.G.V. Wie weis ich, daß du unfehlbar bist?

Feuerbr. Ha! zweifelst Du daran? wenn Du daran zweifelst, so will ich nichts beweisen — Aber mein Eifer treibt mich Dir zu sagen, daß Du selbst eine Todfeindin der Sonne bist, und daß alle Ihre Priester die größte Ursach haben, zu wünschen, Du wärest nie geboren.

Koͤnig.G.V. Ha! ſprichſt Du ſo, Pfaffe! ſo wiſſe, ich ehre die Sonne und bete ſie an; ſehe ich ihr Licht, oder fuͤhle ich ihre Waͤrme, ſo gluͤht mein Herz aus Dankbarkeit gegen Sie. Aber wiſſe, ich werde nie einen Pfaffen anbeten, der das Geſicht des Hochmuths unter der Larve der Religion traͤgt, und aus der Froͤmmigkeit einen Haken macht, um dem Menſchengeſchlecht ſeine Freyheiten zu ſtehlen. Pfaffe! So lange ich lebe, uͤberlaſſe ich deinen Haͤnden keine Gewalt.

Feuerbr. Unſre Gewalt ſtammt nicht von Dir, noch irgend einem Andern her. Die große Sonne ſelbſt ſandte ſie uns in einer Schachtel — die Fracht war bezahlt. Phaeton brachte ſie uns, als er den Sonnenwagen ins Meer warf.

Koͤnig.G.V. Zeig mir das Inſtrument, damit ich's leſe.

Feuerbr. Du kannſt es nicht leſen: es fiel in die See, und iſt vom Salzwaſſer verdorben: nur Prieſter koͤnnen es ſeitdem leſen.

Koͤnig.G.V. Denkſt Du, ich koͤnnt ein ſolches Maͤhrchen glauben?

Feuerbr. Ich befehle Dir es zu glauben, und Du muſt.

König. G. V. Stolzer, herrschsüchtiger Pfaff! ich kann es nicht glauben. Der Himmel bestimmte die Religion, die Rechte und die Arzney zum höchsten Segen des Menschengeschlechts: aber Pfaffen, Advokaten und Aerzte machen diese allgemeinen Güter zu ihrem Privathandel: mit jeder dieser Wohlthaten rauben und plündern sie, und verkehren unsern Segen in unsern Fluch.

(geht ab.)

Feuerbr. Rechtsgelehrtheit und Arzney! Wo ist die Rechtsgelehrtheit?

(Es kömmt die Arzney.)

Arzney. Die Rechtsgelehrtheit ging so eben ein wenig auf die Gaße vor das Schauspielhaus, und ward auf gerichtlichen Befehl Schulden wegen in Verhaft genommen.

Feuerbr. Nun, so laßt uns ohne sie fortfahren.

Bomb. Nein, nein, wartet einen Augenblick; ich muß jemanden suchen, der die Rolle hersaget. Der Henker hole meinetwegen alle gerichtliche Befehle! hätte ich doch das zuvor gewußt, ich würde die Rechtsgelehrtheit zehnmal ärger satyrisirt haben.

Fünfte Handlung.
Erster Auftritt.

Bombast, Hohnschnauber, Einhelfer, Feuerbrand, Rechtsgelehrtheit, Arzney.

Bomb. Es ist mir lieb, daß Sie entwischt sind; nur bezahlen Sie die Schuld, ehe mein Stück aufgeführt wird. Izt, Herr Feuerbrand, fahren Sie fort, wenn's gefällig ist.

Den Augenblick, wo die gesunde Vernunft abgeht, treten Rechtsgelehrtheit und Arzneykunst auf!

Feuerbr. O! Ihr guten Herren der Arzneykunst und der Rechtsgelehrtheit! wäret Ihr ehe hieher gekommen, Ihr würdet gehört haben, wie die hochmüthige Königinn der gesunden Vernunft uns alle gescholten hat.

Rechtsgel. Ich kenne lange schon den Haß, den Sie gegen mich trägt — doch stille davon — denn izt kommt die kriegerische Königinn der Unwissenheit mit ihrem Ge=

folge von Ausländern, alle Feinde der gesunden Vernunft, zu Koventgarden an. Um ohne Verzug alle unsre Macht mit der ihrigen zu vereinigen, paradiren bei Tempelbar einige Regimenter; die Obersten Clifford, Thaves und Furnival führen ihre Truppen durch Holborn nach Drurylane. Alle Notarien mit Erzt bewafnet, haben sich mit Gerichtsdienern, Bütteln, Richtern, Häschern und Henkern vereiniget.

Arzney. In Warwicklane erwart ich meine Macht; hundert Wagen, bei jedem einen Heerführer, berühmt durch Mord und Blutvergießen, in seiner Hand trägt er einen gefiederten Pfeil, der selten in seinem Flug irret. Nach ihnen folgt eine Bande auserlesener Apotheker, jeder mit tödtlichen Pillen bewafnet: ein Regiment Wundärzte machen den Nachtrab, alle bereit, erst zu tödten, und dann zu zerschneiden.

Feuerbr. Erhabene! Ihr erwerbt Euch große Veedienste um die Königinn Unwissenheit, sie wird Eure Thaten belohnen. Ich prophezeyhe, daß durch ihren Einfluß die Menschen noch dahin gebracht werden sollen (was kaum glaublich ist,) sich mit großen Summen zu ihrem Verderben zu bestechen. Seyd glücklich in Euren glorreichen Unternehmungen! ich gehe, um es von der Sonne zu erbitten. Mein Amt hindert mich bei der Schlacht zu seyn, allein ich bin wieder bei Euch, eh die Beute getheilt wird.

(Sie gehen alle drey ab.)

Bomb. Izt, lieber Herr Hohnschnauber, fängt mein dritter und letzter Act an, und ich glaube, daß ich allen Dichtern, die je geschrieben haben oder noch schreiben werden, trozen kann, dergleichen aufzuweisen. Herr, es ist so voll von Trommeln und Trompeten, Donner und Blitz, Schlachten und Geistern, die Zuschauer werden gewiß nachher keine weitere Unterhaltung nöthig haben, es ist so voller Schmuck und Prunk, wie Merlin's Höle — und was den Witz betrift, — kein Seiltanzen oder Luftspringen erreicht dies. Nun fangt an.

(es wird ein lächerlicher Marsch gespielt.)

Die Königinn Unwissenheit, begleitet von Sängern, Geigern, Seiltänzern, Luftspringern, 2c.

König. U. Hier pflanzt unsre Standarte. Wie nennt man diesen Ort?

1r. Begleit. Koventgarten, große Frau, ist sein Name.

König. U. So haben wir uns zu weit gewagt: wir si zu nahe bei jenen Schaubühnen, wo die gesunde Vernunft ihre mächtige Besatzungen hält. Sollten die einen

Ausfall auf uns thun, ehe wir alle vereiniget sind, mit der Rechtsgelehrtheit und der Arzneykunst! — wir kämen übel davon.

(man hört eine Trommel.)

Ha! was bedeutet dies Trommeln.

1r. Begl. Es ist eine Unterredung, nicht das Zeichen zum Angriff.

(Es kömmt Harlequin.)

Harleq. Zu Dir, große Königinn der Unwissenheit, komme ich als Gesandter von beiden Schaubühnen. Sie wünschen Dir Glück zu Deiner Ankunft, und um Dich zu überzeugen, wie herzlich und aufrichtig sie um Dein Bündniß flehen, so senden sie Dir hier ihren auserlesensten Schatz, den Du so lange als Geißel zurück behalten sollst, bis Sie Dich überzeugt haben, daß sie nicht weniger Feinde der gesunden Vernunft sind, als Du es bist.

König. U. Wo sind die Geißel?

Harleq. Große Frau! ich habe einen Katalogum mitgebracht, alles was darin verzeichnet ist, soll auf Deinen Befehl getreulich verabfolgt werden. Bedenke, mächtige Königinn! daß sie Dir ihr Alles anbieten, und die geringste von diesen Sachen gerne gegen ihre Dichter und Schauspieler wieder austauschen würden.

König. U. Lies den Katalogum.

Harleq.

Harleq. (ließt) Einen großen Mann und eine große Frau, beide zu hohen Preisen gemiethet.

Einen starken Mann, außerordentlich theuer.

Zwei Hunde, die auf den hintern Füßen gehen, und menschliche Geschöpfe so natürlich vorstellen, daß man sie dafür halten möchte.

Ein menschliches Geschöpf, das einen Hund so natürlich vorstellt, daß man ihn für einen halten könnte.

Zwo menschliche Katzen.

Eine seltne Sammlung junger Hunde.

Ein Paar Tauben.

Eine Gesellschaft Seiltänzer und Luftspringer von Saddlerswells.

König. U. Genug, genug. Ist es möglich, daß sie in Bündniß mit meinen Freunden in Saddlerswells stehen? Dann sind sie gewiß Feinde der gesunden Vernunft, und ich bin ihnen Verbindlichkeit schuldig; nimm ihre Geißel zurück, denn sie können sie vielleicht nöthig haben: und nimm auch dieses Schauspiel; sage, daß sie es gleich aufführen: es ist weder Kopf noch Fuß darin.

G

Harleq. Große Königinn! sie werden es mit tiefstem Dank annehmen. Der Karakter, welchen Du dem Stücke beilegest, würde es empfehlen, wenn es auch von einer weniger mächtigen Hand käme.

König. U. Das Ehepaar nach der Mode, ist der Titel: ich selbst habe dabei als Gevatterin gestanden, und will es gegen das Publicum vertheidigen.

1r. Begl. Die Königinn gesunde Vernunft nähert sich mit ihrer Macht.

König. U. Stellt meine Truppen in Ordnung. Ich will ihr entgegen gehen, wie es sich gebührt. Heute soll der lange Streit zwischen uns entschieden werden.

Die Königinn gesunde Vernunft mit einem Trommelschläger.

Bomb. He! zum Teufel! wo ist die Armee der gesunden Vernunft?

Einhelf. Herr, ich habe in der ganzen Stadt herum geschickt, und keinen einzigen Soldaten für die gesunde Vernunft anwerben können: diesen Trommelschläger ausgenommen, der kürzlich von einem Irrländischen Regiment weggejagt worden ist.

Trommelschl. Bei meiner Seele! Herr, seit zwanzig Jaren bin ich Trommelschläger, und habe noch keinen Krieg gesehen: und doch möchte ich gerne etwas von meinem Handwerk lernen, ehe ich sterbe.

Bomb. Schweig, Schlingel; sey nicht witzig: das ist nicht in Deiner Rolle.

Trommelschl. Herr, ich weiß nicht, was in meiner Rolle ist: aber ich möchte doch Etwas darin haben, denn ich bin schon lange müde, nichts zu thun.

Bomb. Stille!

König. G. V. Was bewegt Dich, mit diesen feindlichen Waffen in meine friedliche Reiche zu fallen.

König. U. Deine Unterthanen von der schrecklichen Unterdrückung zu befreyen, unter der sie seufzen, die sie nicht länger ertragen können, und deswegen meine Hülfe anrufen.

König. G. V. Können denn meine Unterthanen sich beschweren? Niederträchtige, Undankbare! Worüber beklagen sie sich?

König. U. Sie sagen, Du legtest Ihnen eine Taxe von Gedanken auf, die für Ihre Seelen zu stark wären.

König. G. V. Wolltest Du denn die Menschen vom Denken befreyen?

König. U. Ja, denn Denken macht den Menschen nur elend. Die Glückseligkeit bleibt immer das Loos der Narren. Warum sollte der Weise wünschen zu denken, da der Gedanke seinen Stolz beleidiget? Troz aller seiner Kunst, wird das boshafte Glück, durch eine glückliche Reihe Zufälle alle seine Entwürfe vereiteln, und den größten Pfuscher über ihn erheben.

König. G. V. Brauchst Du das zur Einwendung gegen mich, wovon Du selbst die gottlose Ursache bist? was Deine Macht, Deine Kunstgriffe, Deine Lieblinge gethan haben? Herrschte die gesunde Vernunft allgemein, so könnte nie ein Narr groß werden.

König. U. Was ist denn diese Narrheit, die Du so gerne mit schwarzen und abscheulichen Farben schildern möchtest? Ist es nicht das, was das Schicksal überhaupt allen Menschen schenkt? Obschon einige mit höherem Verstande prahlen, werden sie nicht eben deswegen von den übrigen seltsame Kerl geheissen? Wenn sich dieser höhere Verstand in irgend einer Wissenschaft zeigt, Menschen Wahrheiten lehrt, und sich bemüht, sie von Wegen abzuleiten, auf welchen ihre groben Vorfahren irrten, hat er denn nicht flugs das allgemeine Geschrey wider sich?

Hohnschn. Die Unwissenheit scheint sehr viel zu wissen, Herr Bombast.

Bomb. Ja, mein Herr, sie weiß das, was sie so oft gesehen hat: Sie sehen aber, daß sie sich in der Ursache irret, die die gesunde Vernunft nie in sie hinein prügeln kann.

König. U. Vernunft ist immer die Mutter der Furcht. Der Fuchs, das weise Thier, das die Falschheit der Menschen kennet, flieht ihre Gesellschaft und lauscht in Wäldern, während die arme Gans in Glückseligkeit und Ruhe in seinem engen Stalle fett wird, und denkt, die Hand, die sie füttert, sey ihre Freundin. Ergieb Dich also, gesunde Vernunft, und wage kein Treffen gegen eine überlegene Macht.

König. G. V. Wisse, Stolze, ich werde nie die Sache aller dieser meiner Anhänger aufgeben: wenn ich an der Spitze so vieler Helden Verzicht auf meine Rechte thue, so sey mein Name verflucht und von der Erde verbannt.

Hohnschn. Mich dünkt doch, daß die gesunde Vernunft es itzt aufgeben sollte, da sie Niemand mehr zu ihrer Vertheidigung hat.

Bomb. Es scheint in der That itzt ein wenig wunderlich: aber gegen die Zeit der Aufführung will ich schon eine Armee zusammen bringen. Fahrt fort. —

König. U. So also, schleudre ich Troz und Hohn in Dein Gesicht! zieht alle Eure Schwerdter.

König. G. V. Zieht, Ihr Herren!

König. U. Greift an! nimm Dich in Acht!

König. G. V. Und Du Dich! (ein Gefecht.)

Bomb. O! Pfuy! O! Pfuy! ich habe in meinem Leben keine jämmerlichere Schlacht auf der Bühne gesehen. Um des Himmels willen, meine Herren, tretet doch einige von Euch auf die Seite der gesunden Vernunft, sonst fechtet Ihr ja mit der Luft.

Hohnschn. Die Soldaten sind Schweier, es gilt ihnen gleich, auf welcher Seite sie fechten.

Bomb. Izt fangt von Neuem wieder an, und fechtet; Mein, fechtet doch, als wenn's Euch Ernst wäre. Fechtet, haut, haut zu! zum Teufel! Einhelfer, die Soldaten hat Er von der Landmiliz hergenommen, sie fürchten sich sogar im Spaß zu fechten. So izt, darauf zu, izt geht's gut: bravo! bravo! — Denken Sie nicht, Herr Hohnschnauber, daß wir endlich eine gute Schlacht herausgebracht haben?

Hohnschn. Ich kann in der That nicht sagen, daß ich je eine bessere gesehen hätte —

Bomb. Sie scheinen doch nicht recht damit zufrieden zu seyn.

Hohnschn. Ich bin eben kein großer Bewunderer von diesem Theil des Trauerspiels. Meine Einbildungskraft kann sich weit besser aus einer geschickten Erzehlung einer Schlacht, eine Idee davon bilden, als aus dergleichen Vorstellungen: denn mein Geist kann die Bühne nicht in eine große Ebne umschaffen, und eben so wenig ein halb Duzend Menschen zu viel Tausenden vermehren.

Bomb. Gehorsamer Diener, mein Herr! – schrieben wir blos um Ihnen, und ein halb Duzend Andere zu gefallen; wer sollte denn die Unkosten der Vorstellung bezahlen? Wenn sich die Zuschauer, statt allen Marionetten und Gaudeleyen, die man Ihnen unter dem Namen Unterhaltungen giebt, mit einer oder ein Paar Feldschlachten befriedigen wollen —

Hohnschn. Um Verzeihung, Herr Bombast, wie kam es denn, daß sie ihren pantomimischen Farzen den Namen Unterhaltungen beilegten?

Bomb. Aus einer Bescheidenheit, die ihnen ganz besonders eigen ist. Sie geben damit zu verstehen, daß, wenn die Zuschauer durch die dummen, einfältigen Werke eines Schakspears, Johnson's, Vanbrughs und anderer ermüdet worden sind, sie mit einer von diesen Pantomimen wieder unterhalten werden müssen, wovon der Herr der Schaubühne, zwey oder drey Maler und ein halb Duzend Tanzmeister die Zusammensetzer sind. Worinnen diese Unterhaltungen bestehen, brauche ich Ihnen nicht zu sagen, denn Sie haben sie gesehen; allein ich habe mich oft wundern müssen, wie es einem Geschöpfe von menschlichem Verstande möglich seyn kann, nachdem es drey Stunden mit den Geistesgeburten eines großen Genies belustiget worden ist, sich dann noch drey andre Stunden hinzusetzen und eine Menge Pöbel hinter einander auf der Bühne herumlaufen zu sehen, die nicht eine Sylbe sprechen, sondern mancherley Luftsprünge machen, die man bei Falks weit besser sehen kann. Hiervor, mein lieber Herr, zahlen die Zuschauer nicht allein mehr, als was gewöhnlich ist, sondern sie verlieren auch herrliche Stellen aus den besten Stücken, die vorsetzlich ausgelassen werden, um besagten Farzen Platz zu machen.

Hohnschn. Das ist sehr wahr: doch hundert haben wir schon das nemliche gesagt, die doch niemals fehlten bei dergleichen Farzen gegenwärtig zu seyn.

Bomb. So lange dies geschieht, werden sie der Stadt alle Unterhaltungen aufzwingen — (der Geist der gesunden Vernunft steigt empor.) Tod und Teufel! was bedeutet das,

Madame; Sie laſſen eine ganze Scene aus. Kann denn etwas ungereimter ſeyn, als daß Ihr Geiſt erſcheint, noch ehe Sie ermordet ſind?

Der Geiſt. O, mein Herr Bombaſt, ich bitte um Verzeihung. Das Schlachtgetümmel machte, daß ich vergaß wieder zu kommen, und mich zu töbten.

Bomb. Gut, Madame, laſſen Sie mich das Mehl von Ihrem Geſichte wiſchen: ſo, izt ſpielen Sie dieſe Scene: aber, machen Sie ja dergleichen Verſtoß nicht noch einmal, das Stück würde ganz gewiß ausgepfiffen werden. Izt treten Sie ab und kommen dann wieder herein, als wenn Sie die Schlacht verloren hätten.

König. G. B. Schaut hier den Geiſt der geſunden Vernunft.

Bomb. Das iſt zum krepiren! beſinnen Sie ſich doch Madame, daß Sie noch kein Geiſt ſind, daß Sie noch leben.

König. G. B. Wohin fliehe ich Verlaſſene, Verfolgte! Die Schlacht iſt verloren, und alle meine Freunde auch.

(es kömmt ein Poet.)

Poet. Nicht alle, Königinn. Du haſt noch einen Freund übrig.

König. G. B. Wer biſt du?

Poet. Ich bin ein Dichter.

König. G. V. Sey, wer du willst: bist Du ein Freund des Unglücklichen, so verwirft Dich die gesunde Vernunft.

Poet. Ich wurde ausgepfiffen, als wäre ich Dein Feind, und doch bewarb ich mich beständig mit aller meiner Kunst, um deine Freundschaft.

König. G. V. Thor! Du wurdest verdammt, weil Du Dich für meinen Freund ausgabst; hättest Du, gleich dem Hurlothrumbo mir kühn entsagt, oder, wie eine Oper oder Pantomime die Sache der Unwissenheit öffentlich behauptet, so wäre es Dir geglückt, denn die Menschen können auch selbst den Anspruch auf mich nicht ausstehen.

Poet. So nimm dann ein Billet, wenn mein Stück zum drittenmale aufgeführt wird.

König. G. V. Ich will noch mehr thun; ich will ganz von dem Schauspielhause wegbleiben, so wirst Du gewiß nicht ausgepfiffen.

Poet. Ha! Sagst du das? Bei meiner Seele, nie kam ein besseres Stück auf die Bühne. Doch, Du unterstehst Dich mich zu verachten. Gut; ich will mein Stück der Königinn Unwissenheit zueignen, und sie die gesunde Vernunft nennen. Ja ich will sie in deinen ganzen Pomp kleiden und schwören, die Unwissenheit wisse mehr als die ganze Welt. (geht ab.)

(Feuerbrand kömmt.)

Feuerbr. Dank sey der Sonne für diese gewünschte Zusammenkunft.

König. G. V. O! Priester, alles ist verloren; unsre Völker sind geschlagen: einige liegen in Zügen, doch die meisten sind geflohen.

Feuerbr. Das wuste ich alles zum voraus; ich sagte Dir ja, daß die Sonne schon lange ungehalten auf Dich wäre.

Kön. G. V. Wie! legst Du es denn der Sonne zur Last, daß alle diese Feigen mich und meine Sache verlassen haben?

Feuerbr. Alle diese Feigen waren die frömmsten Menschen. Sonne, beleuchte sie mit Deinen Strahlen!

Kön. G. V. Unverschämter! darfst Du mir in's Angesicht —

Feuerbr. Ich darf noch mehr — Die Sonne schenkt Dir dies, welches ich, ihr treuer Bote überlieferte.

(er ersticht sie.)

Kön. G. V. O! Verräther! Du ermordest die gesunde Vernunft. Fahre wohl, eitle Welt! ich überlasse Dich der Unwissenheit; ihr bleyerner Scepter wird regieren.

Jzt, Pfaffe, laß Deiner wilden Ehrsucht den Zügel schießen. Die Menschen werden Deine Entwürfe liebkosen, sie an ihren Busen drücken, bis Du den ganzen Gottesdienst der Sonne auf Dich gezogen hast. Künftig wird alles verkehrt gehen. Die Arzeney wird tödten, die Rechte werden die Welt in Fesseln legen, Bürger werden Stutzer werden, und Geschmack an welschen Liedern finden. Höflinge werden Actienhandel an der Börse treiben. Bedienungen, die Gelehrsamkeit und große Talente erfordern, werden alle in einen Hut geworfen, geschüttelt, und von Menschen gezogen werden, denen es an beiden mangelt. Staatsmänner — doch die kalte Hand des Todes läßt mich nichts mehr sagen — errathet das übrige. (stirbt)

Feuerbr. Sie ist tod: aber ach! es wird mir übel anstehen, wenn ich als ihr Mörder erscheine: ich will also diesen Dolch neben sie legen: nun wird das Gericht sie des Selbstmords beschuldigen. Ich will ihr eine Leichenrede halten, ihren Verlust mit Thränen beweinen, und sie mit meiner ganzen Beredsamkeit loben. Die fromme Unwissenheit wird alles glauben. (geht ab.)

Die Königinn Unwissenheit.

Kön. U. Blaset zum Rückzug, das Feld ist unser. Die Völker der gesunden Vernunft sind alle geschlagen: die noch übrig blieben, sind mit der Königinn geflohen.

Hohnschn. Herr Bombast, ich wünschte, daß in dieser Rede auch gesunde Vernunft seyn möchte.

Bomb. Wie ist das möglich, da sie tobt ist. Spottet und kritisirt man doch immer die besten Sachen im ganzen Stücke!

Harleq. Sieh, wie sie, sich wälzend, in ihrem Blute lieget —.

Hohnschn. Auch diese Zeile müssen Sie entweder auslassen, oder doch wenigstens abändern.

Bomb. Keines von beiden. Ich will lieber alles auslassen, nur die Hauptschönheiten meines Stücks nicht.

Harleq. Siehe den blutigen Dolch neben ihr liegen, mit welcher sie die That begieng.

König. U. Es war edel gehandelt! Ich beneide ihr ihren Hintritt, und will ihrem Staube alle Ehre erweisen. — Tragt ihren Leichnam weg, und laßt ihn im Rath beim Puppenaufzug liegen.

Ein Bote.

Bote. Mächtige Königinn! ich komme von Kranecourt, als Gesandter jener großen Versammlung in Kranecourt der Gauckler, Puppenspieler, Seiltänzer ꝛc. Dir zu Deinem Siege Glück zu wünschen; Sie bittet um ein festes Bündniß zwischen Deiner Gesellschaft der Baukelſanger und allzeit fertigen Poeten und der ihrigen. Sie wünſchet und bittet vielmehr, daß ſie Alle in Eine vereiniget werden mögen. Sie hoffet auch, daß Deine Majeſtät geruhen wird, gewiſſe Seltenheiten anzunehmen, die dieſer große Korb in ſich ſchließt. Hierin wirſt Du finden: Einen Roßſchweif, der hundert Haare mehr, als ſonſt gewöhnlich ein Roßſchweif enthält, ferner einen Elephantenzahn, der völlig einen halben Zoll zu lang iſt, nebſt einem Chauſeezeichen, das einer alten Münze gleich ſieht.

König. U. Wir nehmen dankbar ihre gütigen Geſchenke an, und werden ſie mit gehöriger Sorgfalt aufbewahren laſſen, bis auf unſern Befehl für dieſe koſtbaren Läppereyen ein ſchickliches Gebäude aufgeführt worden iſt. Sagt Eurer Geſellſchaft, daß wir immer ihren Werth ſehr hochſchätzten, und ſie für unſre theuerfeſten Freunde hielten, und ſagt ihnen, es ſey unſer Wohlgefallen, daß ſie ſich rüſten, einen Menuet vor uns zu tanzen.

(Der Bote geht ab.)

Erhabene Rechtsgelehrtheit und Arzeney! Ihr ſollt mich nicht undankbar gegen Eure geleiſteten Dienſte finden. Gegen Dich, Harlequin, und Deinen Bundsgenoßen, auch gegen Dich, ſüßer Krickskowanelley, will ich eine höchſtgnädige Königinn ſeyn. — Aber ach! (Muſik unter der Bühne.)

was für eine scheusliche Musik, oder was für ein Todtengeläute ist das? Es ist gewiß der Geist irgend eines elenden Operntons.

Hohnschn. Der Geist eines Ton's, Herr Bombast!

Bomb. Ja, mein Herr, haben Sie noch nie einen gehört. Ich hatte einmal Lust, die Erscheinung der Musik in Person auf die Bühne zu bringen, und zwar in der Gestalt einer englischen Oper —— Nun, Herr Geist des Ton's, wenn's gefällig ist in dem Ton sanfter Musik zu erscheinen, und den Geist der gesunden Vernunft nach eben dieser Musik heraufsteigen zu lassen.

(Der Geist der gesunden Vernunft steiget nach sanfter Musik herauf.)

Der Geist. Siehe, der Geist der gesunden Vernunft erscheint. Niederträchtige Sklaven! hinweg mit Euch, oder ich fege euch hinaus und reinige das Land von solchem höllischen Ungeziefer.

König. U. Ein Geist! ein Geist! ein Geist! schleichet, fliehet davon, meine Freunde! Wir haben den Körper getödtet, der Geist wird gewiß kein Mitleiden mit uns haben.

Alle. Ein Geist! ein Geist! ein Geist!
(sie laufen davon.)

Geist. Die Küste ist leer, die bloße Unwissenheit ist mit ihrem ganzen Gefolge in ihre angeerbten Reiche geflohen; von da wird sie sich nie wieder erkühnen uns zu überfallen. Hier, obgleich ich ein Geist bin, will ich meine Macht behaupten, und alle Freunde der Unwissenheit sollen finden, daß sie zum wenigsten meinen Geist von hier nicht verbannen können. Ihr, die Ihr hinführo die gesunde Vernunft ermordet, lernet aus diesen Scenen, daß, obschon Ihr mit gutem Erfolg pralet, Euch doch ihr Geist verfolgen wird.

Hohnschn. Es ist mir herzlich lieb, daß doch die gesunde Vernunft zuletzt die Oberhand behält. Ich war erschrecklich um ihre Moral bekümmert.

Bomb. Bei meiner Treue, mein lieber Herr, dies ist fast das einzige Stück, wo die gesunde Vernunft die Oberhand behalten hat.